椛色の仮面後宮　二

海神の贄姫はすれ違う想いを繋ぐ

松藤かるり

富士見L文庫

目次

不死帝《ふしてい》時代末期。不死帝により支えられていた平和は静かに崩壊を始めていた。不穏なるものが島を覆い尽くさんとし、それは島の中だけでなく、外からも脅かそうとしていた。小さな亀裂は時間をかけて大きな綻びとなり、やがて動乱が生じる。

平穏を打ち砕くは、霞正城《かしょうじょう》で起きるひとつの事件。

不死帝のそばにいたと語られる稀色《まれいろ》を視《み》る娘は、どのようにして事件に立ち向かったのか。彼女は常に瞳を見開き、記憶に焼き付けていったという。

暗雲垂れこめる時代の中で、娘だけは稀色の希望を見つめていた。

第一章　蒼海色《そうかいしょく》の牢獄

吸いこんだ息を吐き出すのも恐れてしまいそうな、張り詰めた空気。

瑪瑙《めのう》宮の回廊を歩く董珠蘭《とうしゅらん》はため息をつき、肩をぐるりと回した。肩が凝ったような気がするのは、寒くなりつつある気候と後宮の緊張感のせいだ。

ここは霞《か》王国を統べる不死帝《ふしてい》の後宮。不死帝の妃《きさき》は花妃《ファフェイ》という称号を与えられ、現在は四人の花妃がいる。珠蘭が仕えるのは瑪瑙宮の主《あるじ》、沈《しん》花妃だ。

その瑪瑙宮は、最近どうにも慌ただしい。

（今日もたくさん運び込まれている）

瑪瑙宮の宮女たちが荷物を運んでいる。どれも沈花妃への贈り物だ。

このように変わったのは、不死帝が理由だった。『不死帝、百年を生き、死を超越す』という言葉の通り、不死帝は死なず、たとえ襲われたとしても死ぬことがない。常に仮面をつけ、誰もその顔《かんばせ》を知らぬという。霞が悲願の島統一を果たしたのは、不死帝への恐怖が理由だ。不死帝は子を必要とせず、後宮とは忠義の象徴でしかない。集められた妃は人質のようなものであった。だが、その状況が変わろうとしている。

珠蘭は沈花妃が待つ部屋に向かった。

「董珠蘭です。お呼びでしょうか」

「ちょうど良《い》いところに来てくれたわ。頼みたいことがあったのだけど……もう、この反物が邪魔ね」

沈花妃はそう言って、今しがた届いたのだろう反物をずいと避《よ》けた。部屋のあちこちに贈り物と思われる物が置かれている。一部は別室に運び込まれるほどだ。

この状況は、数年も花妃の許《もと》に向かわなかった不死帝が、二度も同じ妃の宮を訪ねたことが始まりだった。この話は後宮を飛び越え、霞正城《かしょうじょう》の外にも広まったらしく、沈花妃が寵妃《ちょうひ》になると予見し、取り入ろうとする者たちからの贈り物や文が後を絶たない。

「瑠璃《るり》宮まで文を受け取りにいってほしいの。それに劉帆《りゅうほ》もあなたのことを捜していたわ。だから行ってきてもらえるかしら」

楊《よう》劉帆とは瑠璃宮付きの宦官《かんがん》だ。珠蘭を捜していたということは話があるのだろう。

「わかりました。それでは瑠璃宮に行ってきます」

「ええ。それから――」

「何でしょうか？」

「……いいえ、大丈夫よ。瑠璃宮へのお使い、お願いね」

沈花妃の声は弱々しく、言いかけたものを語ることはしなかった。後悔を混ぜ込んだような沈花妃の視線が贈り物に落ちる。その心を病ませるものに珠蘭は見当がついていた。

（罪悪感……かもしれない）

後宮に広まるは沈花妃が二度も不死帝を迎えた話だが、実際は沈花妃に扮《ふん》した珠蘭が迎えている。この隠しごとが沈花妃を悩ませているのだろう。

礼をして居室を後にするも、沈花妃の暗い表情は頭から離れなかった。

秋は深まり、風は乾いて冷たい。珠蘭はこの寒さがあまり好きではなかった。後宮に来るまでは故郷の壕《ごう》に住んでいたため、外に出ることはなく、このような風に晒《さら》されることもなかった。後宮での暮らしに慣れてはきたが、身をもって季節の変化を味わうのはどうも落ち着かない。

風に揺らされる髪を煩わしく思いながらも瑠璃宮を目指す。珠蘭が瑠璃宮に入ろうとしたところで、白髪の男が現れた。後宮に立ち入るには似つかわしくない者である。だからこそ気になり、視線がそちらに向いた。

瑠璃宮を後にする白髪の男と、瑠璃宮に向かう珠蘭。珠蘭はすれ違いざまにその顔を確かめた。わずかな交差でも、稀色《まれいろ》の瞳はしっかりと焼き付ける。

（あの人は――）

ほんの一瞬、瞼《まぶた》を伏せる。視覚情報を遮断するのは珠蘭にとって集中力を高める契機のようなもの。

珠蘭は色覚異常を持つが、その代わりに得たのは驚異的な記憶力だ。瞬時に記憶し、焼き付ける。集中力を高め、果てのない海のような記憶の中から目当てのものを探した。

（目鼻の形状。輪郭《りんかく》。背格好――違う。この人は会ったことがない）

男は老いているが体格は大きく、伸ばした顎鬚《あごひげ》も白い。威圧感を放つ厳《いか》つい顔つきも見覚えはなかった。姿からして宦官ではないと思われるが、瑠璃宮への出入りを許されていることから、高位の官職についているのかもしれない。

その時、高められた集中力が一つの記憶を呼び起こした。それは楊劉帆が自らの出生について語った日のこと。記憶は鮮明に蘇《よみがえ》る。紅色《あか》と緑色を判別できない珠蘭の、枯緑色《クーリュー》の記憶だ。

『霞の六賢《ろくけん》――これは不死帝の秘密を知り、この国を動かす者たちのこと』

劉帆はそう語っていた。

不死帝は交替制であり、条件に合う顔立ちや体つきの者が選ばれるため内政には疎い。そこで不死帝のふりをし、国を動かしていくのが六賢だと聞いている。

（高位の官職につき、瑠璃宮への出入りを許される者――まさか六賢？）

珠蘭は瞳を開くと同時に振り返った。その視線はもう一度白髪の男を捉えようと動く。

「――っ、」

ばちりと、視線が重なった。予想外のことに珠蘭は息を呑《の》む。

まるで珠蘭が振り返ることを知っていたかのように、白髪の男の双眸《そうぼう》はこちらに向いていた。射貫《いぬ》くかのような鋭い眼光に、珠蘭はその場から動けなくなる。

「珠蘭？」

名を呼ばれて、我に返った。声の主は瑠璃宮から現れた楊劉帆だった。珠蘭の胸中など知らぬかのように、劉帆は軽々とした口調で言う。

「遅いと思ったら、ここで立ち止まっているなんてね。これなら迎えに行けばよかった」

「いえ……気になることがあったので」

そう答えながら珠蘭はもう一度白髪の男を見る。だが男はこちらに背を向け、瑠璃宮から遠ざかっていくところだった。

劉帆は隣に並び、珠蘭の視線を追ったのだろう。男の背を見るなり呟《つぶや》いた。

「なるほど。あれは郭太保《かくたいほ》……郭宝凱《かくほうがい》を気にしていたのか」

「はい。ですが、気にしていたのは私だけではないかもしれません」

「……では君は、彼は何者だと思う？」

問いかける声音は軽く、珠蘭を試しているようだった。劉帆の表情を見上げれば楽しそうににやついている。

珠蘭だけでなく、郭宝凱もまたこちらを見ていた。わざわざ立ち止まってまで、まるで珠蘭のことを知っているかのように。劉帆にのみ聞こえる声量で答える。

「瑠璃宮までは立ち入りを許される方……となれば、六賢の方でしょうか」

「正解だ。相変わらず良い勘をしているね。六賢は特別に瑠璃宮までは入ることができるんだよ。毒花門《どっかもん》を越えることはできないけど」

どうやら劉帆は珠蘭の返答に満足したらしい。口元を綻ばせている。

「郭宝凱は、天子つまりは不死帝の導き手として認められ、名誉職である太保の官職に就いた者だ。六賢に名を連ねる者は六人いるが、その中で最も年長で、様々な知恵を持つ賢人だ。どのような決定も必ず郭宝凱を通さなければならない。だからこそ噂《うわさ》の董珠蘭を確かめようとしたのだろうね。六賢ではないが不死帝の秘密を知る宮女として、君は特例の存在だから」

これに、珠蘭は息を呑んだ。まさか白髪の男が六賢の重鎮であるとは思わなかった。

「怯《おび》えなくてもいいさ。君を悪いようにはしないと思うよ。彼は苑月派《えんげつ》――つまり、僕を生かそうとした人だから」

「苑月派……確か、六賢は二分されているのでしたね」

「そう。僕を生かし、不死帝制度をより良くしていこうと考える苑月派。もう一つは僕を殺して苑月の罪をなかったことにし、今まで通りの不死帝制度を願う保守派だ」

過去の不死帝である苑月は、当時の翡翠花妃《ひすい》であった晏銀揺《あんぎんよう》と恋に落ち、不死帝にとって許されざる罪である子を生《な》してしまった。その子供が楊劉帆であり、不死帝制度の存続を願う六賢はこの扱いに悩まされている。

「今は膠着《こうちゃく》状態といったところだね。だから僕の処遇は決まらず、不死帝候補という仮の役目を与えて、ずるずると生かし続けている。不死帝に近く、けれど不死帝になる予定のない者ってことだ」

「もしも兄様に……今の不死帝に何かあったとしても？」

「もちろん。僕が不死帝になってしまえば、保守派の者たちがどうなるやら。そうならないように、六賢だって動いているさ」

今の不死帝は、珠蘭の兄である董海真《とうかいしん》だ。兄を大事に思う珠蘭としてはそのような万が一を想像したくはないのだが、そうなったとしても劉帆が不死帝になる予定はないそうだ。

（安心していいのか悪いのか。複雑だ）

珠蘭は顔を顰《しか》めた。海真も劉帆も、皆が危険な目にあってほしくない。

そうしているうちに劉帆が歩き始めた。珠蘭も後を追い、二人は瑠璃宮に入っていく。

劉帆と共に向かったのは、海真と史明《しめい》が待つ小部屋だった。ここは不死帝の秘密を知る者が使うため、二重の扉で守られている。その扉が閉まり、史明が部屋の外に物音がしないことを確かめてから、密談は始まった。

「珠蘭、呼び出して悪かったね。最近の後宮はどうかな？」

海真が切り出す。今は不死帝の格好ではなく、宦官の海真となっていた。

「表だった騒ぎなどは耳に入ってきません。あと、沈花妃に取り入ろうとする者たちからの贈り物が増える一方です」

「そうでしょうね。こちらにも、沈花妃宛《あて》の文がひっきりなしに届きますよ」

珠蘭の報告に頷《うなず》いたのは史明だ。彼は沈花妃宛の文を几《つくえ》に置いた。霞正城の外からそれぞれの花妃に届く文は瑠璃宮に集められる。そのため沈花妃は珠蘭に文の引き取りを依頼していた。

「沈花妃が寵妃になると見込んでのことか。やれやれ、みんな不死帝に好かれようと必死だねえ」

「随分遠くまで噂が広まっているのでしょう。濾州《ろしゅう》にある沈家から文が届くことも多くなりました」

史明が几から一通の文を抜き取る。それを見るなり、海真が表情を曇らせた。その様子に珠蘭は首を傾《かし》げる。

「兄様。何か気になることがありましたか？」

「最近、各地から良い話が入ってこないんだ。この濾州もその一つ。沈花妃の父君は濾州刺史《しし》となっているけれど、民の反発が強くて悩まされていると聞く。こうして何度も文を寄越すのは、後宮に送りこんだ娘の力に頼りたいのかもしれないね」

霞の中心といえる霞正城には各地の話が入ってくる。政治は六賢に任されるとはいえ、不死帝となった者やその候補にも関係がある。六賢では調べきれない後宮の情勢把握については彼らに任されている。

「気になるのは濾州だけではないけどね」

これは劉帆が言った。椅子にもたれかかり、腕を伸ばしている。

「君にとって馴染《なじ》みがあるだろう望州《ぼうしゅう》での話もあったね」

「望州？」

劉帆の言葉に、珠蘭はすぐさま反応した。珠蘭と海真が生まれ育った故郷は望州汕豊《さんほう》にあった。突然故郷の名が出てきたことに驚きを隠せない。

「望州刺史から減税の嘆願が入ったんだよ。どうにも不漁らしい」

「あ……まさか、海神《かいじん》の贄姫《にえひめ》である私が後宮にきたから……？」

蒼海色《そうかいしょく》のみを判別できる娘は、海に愛された海神の贄姫として、豊漁を願い続けるため壕に隠されていた。一日中海を見つめることで海の向こうにいるという海神を満たし、その代わりに海の恵みを分けてもらう。海神の贄姫だった珠蘭が壕からいなくなったため不漁になったのではないかと、嫌な想像ばかりしてしまう。

「いや、それは違う」

不安交じりの問いかけを否定したのは海真だった。

「他の海岸地域から不漁に関する話は入ってこない。あの地域だけとは考えにくいからね。海神の贄姫というのも……珠蘭が思っているほどに重要ではないと思う」

「私が思っているほどに？」

「……とにかく、珠蘭はあまり考えなくていい」

どうにも濁されているような気分だ。考えなくていいと言われても、故郷のことは気になってしまう。珠蘭が壕を出てから故郷はどうなったのか。

（不漁なんて……でも他地域でその話があがらないのならやはり……私が……）

その間にも話は続く。

「劉帆。入宮予定の娘が消えたという話は聞いた？」

「聞いたとも。あの娘は珊瑚《さんご》花妃に迎える予定だったから惜しまれるねえ。これで冬の招華祭《しょうかさい》に五花妃を揃《そろ》えるのが難しくなってしまった」

「……心配だ。消えた娘が無事だといいけど」

「こういった話は以前からよくある。不死帝は霞の民にとって畏怖の象徴だからね。正体もわからぬ、百年以上を生きる者の妃《きさき》になる恐ろしさに逃げ出したのだろうさ」

劉帆と海真の話題はすっかり別のものへと変わっていた。だが、これらの話も頭に入らないほど、珠蘭は故郷のことばかり考えていた。

「おーい。聞いているかい？　すっかり上の空だ」

「あ……すみません」

ぼんやりとしている珠蘭に、劉帆は苦笑していた。

「望州の話を聞いてから顔色がよくないよ。故郷の様子が気になるかい？」

「私が壕《ごう》を出た後どうなったのか、とても気になります」

「そうだねえ。君を突然連れ出してしまったからねえ」

言い終えるなり、劉帆は「ううん」と悩んでいるような素振りをしていたが、口端が弧を描いているため芝居がかったものに思えてしまう。劉帆には別の思惑《おもわく》があるのではないかと気づくと同時に、彼はぽんと手を叩《たた》いた。

「望州の件は、誰かが視察に行かなければいけない。だから僕が行こう。それに珠蘭も同行すれば――」

「だめだ」

劉帆の提案に割って入ったのは海真だった。その表情を確かめれば、海真にしては珍しく冷えた顔をしている。

「おや。珠蘭の大事な兄様は反対ときたか。だが、視察については賛成だろう？」

「それは俺も賛成だよ。望州への視察は、見たままを語れる、信頼できる人間に任せるべきだと思っている。珠蘭を連れ出すために一度望州に行っているから、この役目に劉帆が適任であることも同意だ。だけど……珠蘭はだめだ」

「ふうん。それはどうして」

「……あの聚落《しゅうらく》は、独特だから」

歯切れの悪い言葉だ。海真がこのように言い淀《よど》むのには、必ず理由があるのだろう。海真は劉帆ではなく、珠蘭に言い聞かせる。

「珠蘭に戻ってほしくない」

「ここに帰ってくるつもりです」

「珠蘭がそのつもりだとしても聚落の者たちは違う！」

海真にしては珍しく、声を荒らげていた。それほどはっきりと拒否を示すのは珍しく、珠蘭の心に疑問が浮かぶ。

「兄様がそこまで反対されるのはなぜです？」

「それは……」

海真の様子や物言いからして、兄だから珠蘭を案じているというよりも、聚落の何かを恐れて引き止めているように見える。だが海真はそれについて語ろうとしない。言葉を濁してばかりだ。

そこで劉帆が動いた。

「海真。そう案ずる気持ちもわかるが、突然珠蘭を連れ出したのは僕たちだろう。故郷が気になるという珠蘭の気持ちを汲《く》んだらどうだ」

「そうだ。連れ出したのは俺たちだ。けれど……これが……珠蘭を守るためなんだ……」

「守る？　一体、兄様は何を」

問うも、海真はそれ以上を答えようとしなかった。険しいままの顔を背けている。

この問答に飽いたのか、劉帆は呆《あき》れたように言う。

「海真。理由を語れぬのなら、珠蘭を止められないよ」

「…………」

それでも海真は、珠蘭を行かせたくないらしく、強張《こわば》った表情は緩むことがない。

「どちらにせよ劉帆は適任だと思いますよ」

声をあげたのは史明だ。

「後宮の外に出すのはいささか不安が生じますが、ただの視察に六賢が動けば大事《おおごと》になり、他の者を連れて行けば虚構の報告があがる恐れがあります。ならば信頼できる者として劉帆が良《い》いかと。珠蘭を連れて行くというのも、私は賛成ですよ。その瞳はそれなりに役に立ちますからね、その場の状況を瞳に焼き付けてくればいい」

「史明まで劉帆の味方をするのか」

「妹に過保護な兄を窘《たしな》めるわけでも、劉帆に恩を売るわけでもありませんよ。最善の人員配置を考えたまでです」

「珠蘭は？」

「行きたいです」

珠蘭を後押しするかのように劉帆が口を開く。重い空気を纏《まと》う海真とは異なり、からからとした声で語る。

「僕は珠蘭の意思を尊重したい。僕がついていく。必ず珠蘭を守るよ」

「……劉帆は随分と珠蘭を気にかけるな」

「君の妹御は賢くて、面白い。これほど飽きない者は初めてだからね、誰にも傷つけさせやしないと約束しよう」

三対一。海真の分が悪くなる。おそらくは珠蘭の返答もわかっていたのだろう。海真は深くため息を吐《つ》いた。

「わかったよ。みんなが言うのなら、これ以上反対はできない。でも条件がある」

海真の視線は珠蘭に向いた。まっすぐと見据え、真剣な声音で告げる。

「両親や聚落の者に会わないでほしいんだ。万が一会ったとしても珠蘭だとわからないよう、男の格好をしてほしい」

「どうしてですか？」

「会ってしまえば、珠蘭はまた閉じ込められる。二度と外に出してもらえないだろう」

その声に、底が見えないほど暗い色をした夜の海を思い出す。新月の夜の、吸いこまれたらどこまでも落ちてしまいそうな海の色。海真の声音はそれを彷彿《ほうふつ》とさせるほど、ここからは見えない、淀んだ何かを秘めていた。

「兄様は、何を知っているのですか」

おそるおそる問いかけると、海真はほろ苦く笑う。彼の脳裏にも、遠い郷里が浮かんでいるのだろうか。凍《い》てつくような、嫌な雰囲気を感じた。

「……今の珠蘭なら、あの聚落の別の姿が見えるかもしれない。俺から聞くよりも、その稀色の瞳に映しておいで」

＊＊＊

それから数日後である。珠蘭と劉帆の姿は望州に向かう馬車にあった。珠蘭は長い髪を結い上げて幞頭《ぼくとう》に隠して袍《ほう》を纏い、男のふりをした。声ばかりはどうしようもないが、見た目には女人だとわからないだろう。馭者《ぎょしゃ》には、身分を伏せて旅人と伝えている。これで聚落の近くまで連れて行ってもらう予定だ。

「やっぱり外はいいねえ」

改めて劉帆が言う。霞正城を離れてから、劉帆の表情は常に明るかった。

劉帆だけでなく、珠蘭も浮き足立っていた。男装をしているとはいえ、故郷が近づいていると思えば気持ちが弾む。壕を出た時は面布《かおぎぬ》をつけていたため外の様子はわからなかったが、今回はじっくりと楽しむことができた。

「こうして外へ出られたのは劉帆が提案してくれたおかげです。ありがとうございます」

「いや、僕だって君と出掛けたかったからね。礼なんていらないよ」

「てっきり史明に反対されるのかと思っていました。劉帆を後宮から出すのを快く思っていないのかと」

「ははっ。史明の印象は相当に悪いらしい」

劉帆はからりと笑う。

「晏銀揺の件以来、史明の雰囲気が変わったんだ。口うるさく言ってくることも随分と減った。もしかすると珠蘭の影響かもしれないね」

「私ですか？　思い当たるものはあまりありませんが」

馬車の走行音にかき消され、二人の会話が馭者に聞こえることはないと思われるが、念には念を入れ、声量を絞って劉帆が続ける。

「……六賢が、新しい不死帝候補を迎えようとしているよ」

「兄様はいずれ死ぬと、六賢は考えているのでしょうか」

「海真は本来の賢さも相まってよく動くから六賢に気に入られているけど、いつ不測の事態が起きるかわからない。こうして話が入ってきたということは、目星がついているのだろうさ」

この話を聞くなり珠蘭の表情は曇った。

(その人も、兄様のように連れてこられるのだろうか……本人の意思で不死帝候補となるならば良いけれど、そうでなかったのなら……)

海真がいなくなった寂しさは深い爪痕となって残っている。あの時の珠蘭と同じように、寂しさを抱く者がいるのかもしれないと想像すれば、新たな不死帝候補を迎えることが良いとは思えなかった。

「珠蘭は……その表情を見る限り、快く思ってはいないのだろうね」

「複雑です。連れ去られてしまう人も、残される家族のことも心配になります」

「そうだね。僕もあまり良いと思えない。それに、新しい者がきてしまえば、海真の身が軽んじられる。代わりがいるからと使い捨てのように扱われるのは好きじゃない」

そう言って、劉帆は俯《うつむ》く。

「これまでに色んな不死帝を見てきた。様々な者がいて、気の合う者だっていた。けれど皆して死に、その悲しみが消えぬうちに次の候補が不死帝となる」

「劉帆は兄様のことをどう思っているのですか?」

「気に入っているよ。彼は沈花妃を守りたいという動機があるからね。どんな動機であれ芯がある者は強いと思ってる。それに海真のおかげで、珠蘭と出会えた」

劉帆はよく海真をからかっているが、それは海真を気に入っているためだろう。海真もそれを嫌と思っていないように、珠蘭には見える。仲間や友人として、劉帆を信頼しているのが伝わっていた。だからこそ劉帆は海真を死なせたくない。新しい候補がきたとしても、海真に死なないでほしいと願っているのだろう。

そう考えていると、珠蘭の手が温かなものに包まれた。見れば劉帆が、珠蘭の手に触れている。

「あの、手が……」

「うん？　寒いからね、君に温めてもらおうかと思って」

「劉帆の手の方が熱いのですが」

「では君の手を温めることにしよう。海真に見つかったら怒られそうだな、ははっ」

軽く笑った後、劉帆は珠蘭の手をぎゅっと握った。温めるというより、縋《すが》り付くようなものだ。まるで、これから語る言葉に覚悟を決めるかのように。

「僕は、やはり不死帝を終わらせたい。不死帝の仮面を割ってしまえば、後宮に集められた花妃たちの意義も変わる。海真のように本人の意思を問わず不死帝候補として連れ去られる悲劇も無くなる。仮面をつけず、面と向き合って気持ちを伝え合う……いつかに語った、稀色の世だな」

珠蘭も劉帆が語る未来を想像する。珠蘭が目の当たりにしてきた後宮の悲劇は、不死帝という恐怖が生み出したもの。その不死帝が消えれば、霞の民が恐怖に縛られることは無くなる。後宮の様々な悲劇だって、減るかもしれない。

「私も、稀色の世を見たいです。これではすれ違ってばかりですから」

「……とはいえ、障害は多いね」

劉帆はため息をつく。

「目下の懸念は他国の脅威だなあ。島は統一されてるとはいえ、海を隔てた向こうには別の国がある。不死帝という象徴で今は抑えているけれど、この象徴が消えればどうなるかはわからない」

「不死帝が消えたとなれば攻め込んでくる可能性がある？」

「そうだね。だから、他国に対抗できるだけの国力を得なければならない。もしくは民の心を動かして、国を守るために団結するか」

「団結？　それでよいのでしょうか」

「人々の心が一つになれば国を動かす。尤《もっと》も、その民の心を動かすのが大変だけどね。皆がまとまるような大きな事柄があれば良いけど、そう簡単ではない」

珠蘭も考えてみるが、劉帆の言う大きな事柄はなかなか想像がつかない。民の心が一つになるような出来事などあるのだろうか。

「あと六賢も問題だ。こちら側の味方になってくれれば心強いけれど、僕のことをさっさと殺したいほど嫌いな六賢もいるからね。あっはっは」

「笑い事ではないと思いますが」

「おや。冷たいねえ。せっかく霞正城を出たのだから、楽しんだ方が良いと思うよ」

「楽しむと言われても……」

珠蘭の視線は自らの手に落ちる。まだ、劉帆の手が重ねられていた。

「……劉帆の手は熱いですね」

「寒いからね。少しぐらい熱い方が良いじゃないか。それに――」

劉帆はずいと珠蘭の顔を覗《のぞ》きこむ。

「君の顔も熱そうだ。頬がいつもより赤いよ」

この返しに珠蘭は数度まばたきをする。自分の顔を見る術《すべ》はなく、どんな色をしているのかわからない。熱いのか、と言われればそうかもしれない。真剣な話をしていたことで誤魔化《ごまか》されていたが、重なった手のひらに緊張してしまう。

にやついた劉帆にどう言い返すべきか迷い、結局先ほどの言葉を借りることにした。

「……寒いからです」

「冬が近いからねえ、仕方の無いことだ」

なぜか劉帆の顔を直視するのを躊躇《ためら》い、珠蘭は外の景色に視線を移す。秋は深まり、冬が近づいている。季節を報《しら》せる金桂《キンモクセイ》の香りは日に日に薄くなっていく。金桂の花が全て落ちれば、もっと寒くなるのだろうか。想像してみようとしたが、うまくできなかった。

(熱いなあ……)

重ねた手のひらの熱が思考を妨げる。けれど嫌だとは感じなかった。心地よい温度で安心する。


馬車を降りてしばらく山道を歩き、ようやく望州汕豊にある珠蘭の故郷に辿《たど》り着いた。

「……前と変わらぬ、鄙《ひな》びた場所だねえ」

「霞正城を知ってしまうと、どれも鄙びて見えてしまいますね」

「おやおや。君もすっかり都に慣れてしまったらしい」

離れた位置に、茅葺《かやぶ》き屋根と土壁の民居が見える。豪華絢爛《けんらん》な霞正城とは対極の、慎《つつ》ましい住まいだ。

民居が並ぶあたりを通らず、海側の道を進む。海岸線は起伏が激しく、落石は放置されて苔《こけ》が生えている。往来は少ないのだろう。ぐるりと迂回《うかい》して山道を通り、切り立った崖にのぼる。見慣れた望州の海が視界に広がった。

「浜辺に漁舟は少ないので、漁に出ているのかもしれませんね」

珠蘭が言う。この景色をよく覚えていた。おそらくは二人がいる崖の岸壁に、珠蘭がいた壕《ごう》の窓がある。

瞳を閉じ、珠蘭の頭に焼き付いた記憶を呼び起こす。集中せずとも波音は鼓膜を揺らし、磯《いそ》の香りがする。懐かしい故郷の海だ。集中力は一瞬にして高められ、珠蘭が探していた記憶が広がる。あの日飽きるほど見ていた海。浜辺。漁舟。

「あ……」

そこで珠蘭は気づいた。見たことのない舟が一艘《そう》、浜辺にある。壕にいた時に一度も見たことのなかった、奇妙な舟が今はある。珠蘭はそれを指で示した。

「劉帆。この浜辺は記憶があります。ですが、あの舟は聚落の漁師が使う舟とは違います。私はあの舟を見たことがありません」

「見たことがない？」

「この浜辺は、たぶん私がいた壕の近くではないかと。ここから見える景色は窓から見ていたものと同じなので」

「なるほど。やはり珠蘭を連れてきて正解だったね」

劉帆は眉根を寄せ、不審な舟を睨《にら》みつける。

「……あの舟は調べてみる価値がありそうだ」

「不漁の原因がわかるのでしょうか」

「どうだろう。そもそも僕は望州刺史が言う不漁というものを信じてないからね。減税を嘆願するための言い訳だと思っている」

よし、と劉帆が頷《うなず》く。ここから浜辺に降りるには、またしても山道を下りなければいけない。海真との約束もある。住民に見つからないよう気を配って進む必要があった。

「僕は舟を調べに行くけど、珠蘭はどうする？」

「私は――」

舟を調べる、と言いかけたところで、視界の端にあるものに気づいた。

少し山道を下りたところに大岩がある。枯れた長葉が目印のようにかけられ、近くにある道は獣道と呼ぶには雑草がなく、人の往来があったことを示していた。

（海神の贄姫を囲う壕は隠されているため、岩に葉をかけて目印にするのだと兄様が言っていたけれど……）

探るような珠蘭の視線に、劉帆が気づいた。彼も大岩のあたりに目をやる。

「何か気になるものがあったのかい？」

「あの場所に、もしかすると壕に繋《つな》がる道が隠されているのではないかと」

「君を迎えにいった時とは違う道だねえ。別の海神の贄姫がいる？」

「わかりません。でも、もしも海神の贄姫がいるのなら話してみたいです」

「では早速行って――」

「待ってください。二手に分かれた方が良《い》いと思います」

他の海神の贄姫については珠蘭の好奇心だ。どのような者が海神の贄姫になったのか会ってみたい。しかし、望州の問題とは関係ないため、劉帆の時間を割くことは躊躇われた。

「海真と約束しているからねえ。できれば君と離れたくないんだが」

「ですがどちらも二人で調べると時間がかかります」

珠蘭の頑《かたく》なな説得は劉帆の心に届いた。渋々といった様子で劉帆が頷く。

「……わかったよ。でも異変があればすぐに出てくること。お互いに調べ終わったら、ここで合流しよう」

「ありがとうございます！」

礼を告げた後、珠蘭は大岩の葉を避《よ》けて先を進む。後ろ髪を引かれる思いなのか、劉帆は何度も珠蘭の方を振り返っていたが、進むにつれてお互いの姿は見えなくなった。

しばらく行くと、珠蘭の予想通り、長葉で隠された石窟の入り口があった。そこから延びる通路は薄暗いが明かりはない。この長く暗い通路は、知らぬ者がここに立ち入っても諦めて戻るようにとあえて長く作っているのだと海真から聞いたことがある。時折、足を止めて風が進む方向を確かめながら奥に進む。

黴《か》びた臭いに潮の香りが混ざっている。通路に響く風の音や、肌にまとわりつく湿気も懐かしい。壁に手をやりながら通路を進むと、先がぼんやりと明るくなった。

一本道であった通路は分岐し、行き先は三つ。これも海神の贄姫を隠すための造りである。この中で最も暗い通路が正解だ。明るさを確かめ右の道を進む。まったく面倒だ。外部の者を嫌うとはいえ、ここまでして秘さなければならないのかと首を傾《かし》げたくなる。

さらに進むと、ぼんやりとした明かりが見えた。人がいるのだ。気持ちが急《せ》き、足取りも速くなる。

最奥に辿り着くと、そこは珠蘭がいた壕と似た部屋だった。こぢんまりとした室内には必要最低限の家具しかなく、椅子に一人の娘が腰掛けている。

(綺麗《きれい》な人……)

娘は顔をあげてこちらを見つめていた。その顔は息を呑《の》むほどに美しいのだが、長い髪は真っ白になっている。頬は痩せこけているが、皺《しわ》はなく、老いは感じられない。白髪だけが浮いているかのようだ。

娘は、突然現れた珠蘭に対して驚くことなく、無表情で、ぼんやりとしていた。

「こ……んにちは」

おそるおそる声をかけてみるが、娘はこちらを一瞥《いちべつ》したきりで、それ以上の反応はない。やがて視線を外し、珠蘭が来る前から進めていたのだろう刺繡《ししゅう》の作業に戻ってしまった。

(……虚《うつ》ろで、心ここにあらずといった感じがする)

数歩動いてみるが、娘は興味を示さない。物音を立てようが、手巾《しゅきん》から視線を外すことはなく、痩せ細った指先で針を持って、一心不乱に糸を縫い付けている。

会話は難しいと判断し、室内を見回す。几《つくえ》には筆や硯《すずり》が置いてある他、牛皮を表紙にした書があった。使い込まれているのか表紙には穴が空き、変色した様子から年月が経《た》っていることが伝わってくる。

「これを読んでもいいでしょうか？」

「…………」

問うも白髪の娘は顔すらあげなかった。声が届いているのかも怪しい。何も答えないのを確かめてから、珠蘭は書を手に取る。

書は『海神の贄姫に選ばれてから』という一文で始まり、綺麗な字で毎日の様子を綴《つづ》っている。これを書いたのは海神の贄姫に選ばれた娘らしく、墉で過ごすつまらぬ日々に飽いて、筆や硯、紙を要求してこれを書くに至ったようだ。書いてあるのは天候や海の様子が多い。東向きの小窓は朝日が入りこんで眩《まぶ》しいと不満を書くこともあった。

(東向き……確か、私の墉もそうだった)

どこの墉も窓は東向きになる。それは東の海にいる海神に祈りを捧《ささ》げるためだ。

珠蘭自身も墉での暮らしを経験したことから、些細《ささい》な話まで手に取るように想像できる。くすくすと微笑《ほほえ》みながら紙をめくり——次の文字を読み取るなり珠蘭の表情は凍りついた。

『限界だ。私は外に出たい』

一日中聞こえる波音に蝕《むしば》まれ、外出を渇望する言葉が増えていく。筆跡は荒れ、言葉にも苛立《いらだ》ちが目立つようになった。天候や海の話は減り、脱走を考えるようになっていく。

（私は考えたことがなかったけれど、海神の贄姫が逃げ出したらどうなるのだろう）

この娘は本当に逃げ出すのだろうか。気になり、急ぎ気味に読み進める。乱雑な字の脱走計画は続き、そしてついに決意の言葉が現れた。

『私は外に出る。海神の贄姫なんてやめてやる』

練り上げてきた脱走計画を実行に移したのか、その日のことはそれ以上書かれていなかった。

だが日記は終わらない。紙をめくれば、再び娘の文字が書きこまれていた。

『数ヶ月経って、やっと戻ってこられた。許されなければここに戻ってこられなかっただろう。外に出ることよりもあの場所の方が恐ろしい。もう二度と、脱走なんてしない』

弱々しく、手の震えがわかる文字ばかりだ。紙のあちこちは水に濡《ぬ》れた跡がある。泣きながら書いていたのかもしれない。

『海神の牢《ろう》は恐ろしい』

引っかかるものがあり、珠蘭は首を傾げた。

（海神の牢？　初めて聞くけれど、海神の贄姫と関係があるのだろうか）

日記はまだ続きそうだ。海神の牢についての記述があるかもしれない。紙をめくろうとした好奇心は、背後から声をかけられたことで遮られた。

「何してんだよ」

予想外の声に驚き、珠蘭の手から日記が滑り落ちた。どさり、と音が響く。だが拾う隙はなく、振り返ろうとした珠蘭にもう一度、声がかかる。

「……破片は持ってないのか。となればここの住民じゃなさそうだな。あんた、誰？」

男の声だが、劉帆ではない。珠蘭はゆっくりと振り返り、その者の顔を確かめる。

年は珠蘭と同じぐらいで、劉帆と同じぐらい背が高く、ほっそりとしている。髪は短めに切りそろえられ、頬に刀傷がある。目つきは鋭く、射貫《いぬ》くようにこちらを睨んでいた。

（どう答えたら良いだろう……うまく説明しないと……）

霞正城から来ていることは明かせない。だがじっくりと考える時間はなく、珠蘭は思いつくままに答える。

「突然お邪魔してすみません。驚かせるつもりはなかったのですが」

「その声……あんた、女だったのかよ」

「はい。このような格好をしていますが、私はこの聚落にいた者です」

「嘘《うそ》だな。ここの聚落の人間は、みんな似たような破片を持ち歩いてる。紐《ひも》を通して首から下げたり、腰帯につけたりしているが……あんたには見当たらない。だからここの人間じゃないな」

そのような破片を珠蘭は持っていない。海神の贄姫は外に出ることがないため与えられていなかったのだろう。だが見たことはある。壕を訪ねてきた海真や両親が身につけていた。珠蘭はその色がわからなかったが、兄曰《いわ》く翡翠《ひすい》のような緑色だと言う。おそらくその破片のことを、男は言っている。

「持っていません。私は、海神の贄姫でしたから」

「……海神の、贄姫？」

男の眉がぴくりと動いた。まだ警戒しているようだが、海神の贄姫だったと知ってわずかに緩和したように見える。

「なんで過去形なんだよ。それに外に出てるのもどうしてだ。ここの住民は海神の贄姫を壕《ごう》に閉じ込めるんじゃないのか？」

「色々あって外に出ています。説明すると長くなりますが……」

「じゃあいいよ。長い話はめんどくせえ。それよりも、どうしてこの壕に来たんだ」

「隠されていた道があったので、私と同じように海神の贄姫がいるのかと思いました。いるのならば話をしてみたくて……勝手に入ってきて、すみません」

そう話しながら、白髪の娘の様子を確かめる。男と珠蘭のやりとりも聞こえていないかのように、娘は黙々と刺繡を続けていた。

「ふうん……とりあえずは、わかった。じゃあさっさと帰れ」

「はい。ですが一つ伺っても？」

男はわかりやすいほど顔を顰《しか》め、「なんだよ。早く言えよ」と急かした。不遜な態度だが、怯《ひる》むことなく珠蘭は問う。

「先ほどの会話から、あなた方は聚落の者ではないと推し量りました。では、ここにいた海神の贄姫はどこにいったのでしょう？」

男は眉根をきつく寄せて再び睨《にら》みつけていた。珠蘭の表情から真意を探ろうとしているのかもしれない。

「あんた、名前は？」

「董珠蘭と申します」

「なるほどな。面倒な女だって覚えておく。俺は馮興翼《ひょうこうよく》だ」

答えた後、興翼は部屋を歩く。寝台に腰掛けた後、珠蘭の問いに答えた。

「で、さっきのあんたの質問だけど。俺たちがここに来た時には誰もいなかった」

「ここにいた海神の贄姫は……」

「死んでるんだろ。俺は知らねえよ」

珠蘭は足元に落とした日記を拾う。この日記を書いた者は死んでしまったのだろうか。

彼女のことを思うと切なくなり、胸が痛む。

（外に出ることなく死んでしまったなんて……つらかっただろうに）

珠蘭は日記を几に戻した。その動きをじっと見ていた興翼が言う。

「その書を書いたのも俺たちじゃねえぞ」

「では前にいた方でしょうね……ところで、お二人はなぜここへ？」

「あ？　質問は一つだけだったんじゃないのかよ」

「気になったので」

「めんどくせえ……乗ってた舟が難破してここに着いたんだよ。姉がこの調子だから、動けるようになるまでこの場所を借りてる」

「お姉様とは──」

珠蘭の視線が、白髪の娘に向く。興翼は頷《うなず》いた。

「俺の姉の馮慧佳《ひょうけいか》。つっても、今はちょっと心が壊れてるけど」

「だから先ほど声をかけても応えてくれなかったのですね」

「こっちの話は聞いてるみたいだから、いつか返事するだろ。そのうちに治る」

姉を案じているのかと思えば、突き放すような物言いだ。

だがそれよりも気になるのは、興翼が海神の贄姫について知っていたことである。

（あれは聚落の者しか知らないはず。だというのに興翼は知っている。驚きもなく受け入れている。余所者《よそもの》には明かさないと思っていたのに）

聚落の者が興翼を信じて明かしたのか、それとも別の理由か。どうも引っかかり、興翼の顔をじっと眺める。すると興翼が視線に気づいた。

「あんた、変わったやつだな。海神の贄姫を辞めるなんて勿体《もったい》ないだろ」

「勿体ない……？」

興翼は呆《あき》れたようにふっと短く笑う。

「海神の贄姫とは、我らが母なる海に愛された存在。その瞳を持って民を統べる。ここのやつらが言う、豊漁を願う象徴ってのは初耳だけど。だからあんたみたいに海神の贄姫を辞めたってのは初めて見る」

話ながら興翼は立ち上がり、小窓の方へと歩いて行く。白髪の慧佳は相変わらず刺繍に没頭していて、弟の動きにも興味を示していなかった。

（興翼は……どこで海神の贄姫について知ったのだろう）

疑念が渦巻く。ここのやつら、と語ったことから興翼は別の地で海神信仰について知ったのかもしれない。だとしたら、どこだろう。

だがそれを興翼に問うことはできなかった。小窓を覗《のぞ》いていた興翼が声をあげる。

「騒がしいな。浜辺に人が集まってる」

浜辺と聞いて嫌な想像をし、珠蘭も小窓を覗く。そこから見えるのは浜辺と不審な舟。

その舟周辺に集まった聚落の者たちだ。

（あの場所は劉帆が向かっていたはず）

まさか劉帆に何かあったのではないか。その結論に至り、珠蘭はすぐに小窓から離れた。

「もう行きますね」

「面倒だから二度と来るなよ」

「はい。ありがとうございました」

早口気味にお礼を伝え、慧佳にも一度頭を下げてから駆け出す。

暗く狭い通路は一度通っているので覚えている。一気に駆け抜け、壕を出た。

慌てながらも珠蘭が浜辺に近づけば、劉帆が聚落の者たちに囲まれ、両腕を押さえられているところだった。

(まずい。劉帆が捕まってしまった)

聚落の者たちは刀を手にしている。劉帆を捕らえる姿からして好意的とは言い難《がた》いだろう。

気になるのは、なぜ聚落の者が劉帆に敵意を向けるのかである。

(視察について霞正城から通達は入っているはず。聚落の者たちが霞正城の使者を捕らえれば騒ぎになるのでは……)

嘆願書の内容を検《あらた》めるべく使者を送ると伝えているはずだ。そのため、珠蘭も男装をし、使者に扮《ふん》している。劉帆や珠蘭の装いは聚落の者たちとは異なる。霞正城の使者であることは一目でわかるはずだ。

だというのになぜ捕らえるのか。

（どうしよう。劉帆を救わなければ……でも）

悩み、思案する。

珠蘭は、視界にある窮地に意識が向いていた。そのため後ろから忍び寄る者に気づいていなかった。聚落の者が近くに潜んでいたと気づいた時には遅く、珠蘭の腕は後ろ手に摑《つか》まれていた。

「おい！　ここにも霞正城の手先がいたぞ！」

聚落の者が叫び、珠蘭の腕を摑んだまま引きずりだす。皆が珠蘭に注視し、その中に劉帆の視線も交ざっていた。見開かれた瞳から、珠蘭がここにいることへの吃驚が伝わってくる。

引きずられるまま、珠蘭は劉帆の隣に連れて行かれた。腕は後ろ手に拘束され、抵抗できないよう浜辺に体を押さえつけられる。

「……君も見つかってしまうとは困ったねえ」

隣に珠蘭が来たことで劉帆が小声で呟《つぶや》いた。返事をしようかと迷うも、それより早く劉帆が続ける。

「黙っていていい。声をあげてはだめだ」

二人の前に、一人の男が立つ。髪は白く、だが長年海に出ていたためか肌は浅黒く焼けている。彼はこの聚落を率いる長《おさ》だ。年に一度だけ様子を見に来ていたのを覚えている。

「これが通達のあった霞正城の使者だな……どれ」

そう言って、劉帆と珠蘭の顔を上げさせるよう、顎をしゃくって命じた。

そして長が珠蘭の顔をじいと見つめた時だった。

「ん？　この者は……誰《た》そ、この幞頭《ぼくとう》を外せ」

抵抗しようにも押さえつけられているためできず、珠蘭の幞頭は易々《やすやす》と外された。結い上げて隠していた長い髪が現れる。長は改めて珠蘭の顔を確かめ、問う。

「その顔……お前は逃げ出した海神の贄姫だな」

これをきっかけに周囲がざわついた。珠蘭が逃げ出したことは知れ渡っていたらしく「董家の娘だったか？」「逃げ出すなんてとんでもない」と聞こえてくる。

このざわめきを静めたのは長である。長が動くと周囲の者たちは黙りこんだ。

「愚かな海神の贄姫よ。なぜ逃げ出した？　海神の贄姫は海に愛されし者。その瞳に海以外を焼き付けてはならぬ。壕を出てはならなかったというのに」

「…………」

「そのような格好をし、我らを欺けると思ったか。浅はかだ。これだから霞正城は」

忌々しげに吐き捨てられた言葉から、長が霞正城を快く思っていないことが伝わってくる。これらは聚落の者たちも同じように考えているらしく、次々と声があがった。

「長！　霞正城の目的を聞きだしましょう！」

「探りを入れにきたんだろうな」

「黙らせるしかありません」

長は皆を見渡し、頷く。それから視線は冷ややかになり、劉帆と珠蘭に向けられた。

「お前たちの、霞正城の目的は何だ」

「…………」

「容易に口を割らぬのならば、話させるまで――この者たちの尋問は明日行う。それまで牢《ろう》へ」

長が手をあげた。これに呼応して周囲の者たちも動き出す。

（どこかへ連れて行かれる？　まずい）

逃げ出したいが、珠蘭も劉帆も身動きが取れない。打開策はないかともう一度長を見上げれば、腰帯からぶらさがる破片が視界に入った。

それは聚落に住む皆がつけているものだ。両親も兄も身につけていた。この聚落では仮面を身につけるよりも破片を持ち歩く方が多い。

（でも、兄様は霞正城では身につけていなかった）

破片は同じ材質のように見えるが、形はそれぞれ異なる。何かを割ったもののようにも見えるが、それ以上はわからなかった。頭から麻袋をかぶせられ、何も見えなくなる。暗闇だ。視界は遮られ、方向感覚が消える。劉帆の姿も、どこにいるのかもわからない。

「お前たちは永遠に、海神の牢から出ることはできん」

暗闇に響くのは、長の声だけだった。

歩く音、呼吸。小さな音もよく聞こえる狭い場所を歩かされることしばらく。麻袋をかぶったままで何も見えず、狭くじめついた場所を歩いていることだけはわかる。

それが突然、先ほどよりは広い部屋についた。そこまで音が反響しない。しかし霞正城の一室のような広さはないだろう。

「諦めて大人しくしてろ」

男の声がした。珠蘭をここに連れてきた者が喋《しゃべ》っているのだろう。

遅れて、隣からどさりと音がした。珠蘭と同じように拘束された劉帆が隣に投げ捨てられたのかもしれない。別々の牢ならばどうしようかと不安になったが、同じ場所にいると思うとほっとする。

それから足音がし、遠ざかっていく。劉帆と珠蘭の二人を残し、聚落の者たちは去っていったようだ。

「……珠蘭。大丈夫か。怪我《けが》は？」

珠蘭と劉帆以外に誰もいなくなったと確認した頃、劉帆が口を開いた。

「無事です。両腕が使えないのは不便ですが」

「そうだねえ。これは不便だ」

身動きは取れず、視界も塞がれている。横たえた体に、床の冷たさがじわじわと沁《し》みてくる。それはまるで、絶望のようでもある。

「私が……望州に行きたいと言わなければ……」

珠蘭の頭に浮かぶのは後悔だった。

「劉帆を巻き込んでしまって申し訳ありません。望州に行かなければ今頃……」

まだやりたいことがあった。叶《かな》えたい夢もあった。珠蘭一人ならともかく、劉帆まで道連れにしてしまった。このように終わると思うと、悔しくなる。

「望州に来て、二人して捕らえられるとは思いもしなかったねえ」

「兄様の言う通りにしていればよかったですね」

「ははっ。僕はそう思っていないよ。ここに来たから、ゆっくり二人でいられる」

「私と劉帆がここから戻らないとなったら……兄様はきっと心配するでしょう」

「ははっ、それは避けたいね。そうなったら、僕が海真に叱られてしまうよ。海真は、後宮に妹を呼ぶなどしておきながらも、過保護な一面がある。あらぬ疑いをかけられて詰め寄られるのは勘弁してほしい」

「で、ですが、この状況では……」

「うん？　君はさっきから、何を暗くなっている？」

珠蘭と異なり、劉帆の語り口は呑気《のんき》なものだった。慌てている様子がない。それどころか、耳を澄ませばもぞもぞと動いている音が聞こえる。

「まさかと思うが、君は諦めているのかい？」

「これでは身動きも取れないので、諦めるしかないと考えていましたが」

「なるほどなるほど。では今の僕が、君を助けたら英雄として扱われるねえ」

その軽口を発した後、物音が珠蘭の近くに寄った。床の冷えた温度が和らぐ。人の温かさだ。劉帆がそばにいる。

「動かないで」

短く発せられた声は、麻袋をかぶっていた時のようなこもり方をしていない。言われた通りに動かず待っていると、まずは両腕の拘束が外れた。固く縛られていた縄を劉帆が切ったのだろう。

次に、麻袋が外れる。暗闇続きだった視界が光を取り戻すとこれほどまで心が落ち着くとは。劉帆の無事を視覚で確かめられることも珠蘭にとっては大きかった。

「どうだい？　僕のことを英雄と讃《たた》えてくれて良いよ」

「ありがとうございます。でも、拘束されていたのにどうやって……」

「縄を抜ける術《すべ》について聞いたことがあったんだよ。僕は六賢の一部に快く思われていないだろう。いつかのためにと教えてもらったけど、いやあ役に立つものだ」

どうやら縄から片腕を抜き、隠し持っていた匕首《あいくち》で残る縄を切ったらしい。腕を動かせる解放感を噛《か》みしめていると、劉帆がにたりと笑った。

「それで、僕を讃える一言はないのかな？」

「拘束が外れたことは嬉《うれ》しいのですが……ここから出られるかはわからないので」

「ふむ。確かにそうだな」

すると、劉帆が室内を物色し始めた。

「何をしているんですか？」

「ここを出る術を探すに決まってるじゃないか。君こそ何をのんびりしている」

劉帆はにたりと不敵に笑っている。

「明日尋問すると言っていたからね、今日中に逃げ出さないといけないだろう。ということで、この部屋について君が知っていることはない？」

「初めて来たので、わかりません」

「そりゃ残念だ。ならば一緒に探すしかないなあ」

二人がいる部屋は、珠蘭がいた壕《ごう》とは異なり、木壁ではなく苔《こけ》が生えた石壁に囲まれている。寝台などの調度品も見当たらず、部屋の奥には石で作られた台座らしきものがあるだけ。窓は、壕にあったものと似た小窓が一つあるものの、珠蘭がいた壕よりも小さく、海しか見ることができない。

「ここの窓も、東向きなのでしょうか」

「うん？　どうしてそう思った？」

「私がいた壕にあった小窓は東向きでした。先ほど行った別の壕も、窓は東向きです。海神は東の海にいるため、海神の贄姫は東の方角に祈りを捧《ささ》げるのだと」

「なるほどね。ならば、これも東向きなのだろう――とすれば、扉が並ぶ壁は西向きということか」

劉帆はくるりと振り返る。彼の視線は、小窓と対面の壁へ。そこには木製の扉が二つ並んでいた。この聚落にしては珍しい高価な作りの扉だが、木は腐食し、下部は黒ずみ朽ちかけていた。

「まずはここから出ましょう」

珠蘭はそう言って、扉を押す。手応えからして棒を挟むなどの施錠はなさそうだ。木のくぼみに手を添えて、力を込めた。

鈍い音を立てて扉が動き、そして――。

「危ない！」

扉が動いた瞬間、びゅうと強い風が下から吹いた。足元には海が広がり、地面は見当たらない。劉帆が慌てて駆け寄り、珠蘭の体を押さえてくれなければ海に落ちていただろう。

「……っ、これは」

扉を開ければ道はなく、海に落ちる。陸は見当たらない。ざあざあと明瞭に聞こえる波音は、珠蘭を絶望に落とし込むかのようだった。

「はあ、驚いたよ。寿命が縮むかと思った」

「海……でしたね」

「どこかの部屋に繋《つな》がっている、なんて考えは甘かったらしいな。となれば隣の扉も同様だろう」

扉を閉めた後、別の扉を劉帆が開ける。海かもしれないと警戒し、ゆっくりと開いていたが、想像通りに道はなかった。やはりこちらも、海に落ちてしまう。

「これは困ったねえ」

室内を見回し、劉帆が言う。

「これ以外に通路や、それに通ずるようなものがない」

室内にはこれ以上、扉などは見当たらなかった。東を向いているだろう小窓は人が通るには小さすぎる。出入り口のない部屋だ。

「小窓は東に向く。本来の壕なら西側に出入り口があります。けれど扉を開けても海。まるでこの場所が、海の上に浮かんでいるかのようです」

「これだから、聚落の人たちは得意げなわけだ。永遠に出られないと語る理由がある」

扉を開けても海に落ちるなど、ここに閉じ込められた者を絶望させる作りだ。これ以外に出入り口となる扉は見当たらない。

「大丈夫。僕たちも連れてこられたのだから、出入り口はどこかにあるはず。僕と君なら探し出せるだろう、きっと」

出られるのだろうか、と不安が渦巻く。珠蘭の頭には、他の海神の贄姫が書いた日記があった。

（あれを書いた海神の贄姫も、脱走をしようとして見つかり、ここに閉じ込められたんだろうか……二度と逃げないと書くほど、恐怖を味わったのだろう）

出口のない場所。海の音。絶望する気持ちは痛いほどわかる。あの贄姫は許されるまで出られなかったと書いていた。珠蘭たちもそうなるのだろうか。

「珠蘭、これを見て」

劉帆の声がして我に返る。劉帆は部屋の奥、石の台座の前にいた。台座は膝ほどの高さで、周辺に石のようなものがいくつも散らばっている。

劉帆は落ちていた石の一つを拾い上げていた。珠蘭もそばにより、覗《のぞ》きこむ。

「石というよりも、破片かな。ここにたくさん落ちているよ」

「破片……あ」

この破片は聚落の者たちが身につけていたものだ。さらに台座の上には破片よりも大きな石のようなものがある。珠蘭はそれを手に取る。石のような平たいものに、穴が二つ。

何かで叩《たた》いて割ったかのように、罅《ひび》が入っている。その形状に、珠蘭は呟《つぶや》く。

「これは……仮面？」

周囲に散らばる破片と同じ素材だ。ということは、ここで仮面を割り、聚落の者たちが身につけていたのだろう。

（仮面を割るだなんて、不死帝に逆らうようなもの。どうしてこんなことを）

考えても答えはでない。だが得体の知れない不安が生じていた。劉帆の様子を確かめれば、その表情は強張《こわば》り、唇を引き結んで何かを考えている。

（兄様は『今の珠蘭なら、あの聚落の別の姿が見えるかもしれない』と言っていた。兄様は何を知っていたのだろう）

故郷に行くと話した珠蘭を止めた海真は、これを知っていたのだろうか。いや、もっと深部の、故郷の姿を知っているのかもしれない。

台座近くの壁には燭台《しょくだい》があるが、蠟燭《ろうそく》はあるものの火は灯《とも》されていない。今でさえ薄暗いのだ、夜になれば何も見えなくなるだろう。

その壁に触れる。石壁は海が近いため、べったりと手に張り付くような感触がある。よく見ると、石壁に絵のようなものが刻まれていた。

「舟に、髪の長い……これは女人でしょうか」

気づけば劉帆も、珠蘭の隣に立って壁画を眺めていた。壁の画《え》は細いもので刻まれ、色はない。尖《とが》り、うねる海の波と、そこに浮かぶ一隻の舟。舟には髪の長い、女人のような者が立っていた。女人は瞳が大きく描かれている。

「瞳を大きく描いたということは、瞳に特徴がある……海神の贄姫ってことかな？」

「なるほど。そうかもしれませんね」

舟を呑《の》みこむかのような波。波の下には、ぐるぐると渦巻いた円。形からして太陽を表しているのだろう。女人の視線は太陽に向けられ、両手を組み、祈っているかのようだ。

「海の中にある太陽……これが海神なのだとしたら、海神の贄姫が海神に祈りを捧げる。そのような画に見えます」

「では、これは何だろう」

劉帆が指でなぞったのは、壁画のそばにあるもの。これは画と異なり、文字のようにも見える。だが、霞で使われる文字ではなかった。

何が書いてあるのかはわからない。だが、この独特の形を別のところで見たことがある。

「読めませんが、見たことはあります。兄様が持ってきた書に、この形がありました」

「書？」

「兄様は壕にいる私への手土産として、様々な書を持ってきてくれました。その中にこの文字がありました。読み方を聞いたのですが、兄様もわからないと言っていて」

その書は海真が持っていたものではなく、聚落の者に借りたものと言っていた。珠蘭は文字の解読ができなかったが、画が描いてあったのでそれを読んだ。

「この画と文字のようなものを、しっかりと見ておきます」

「君がいてよかったよ。稀色の瞳は素晴らしいね」

茶化すように言いながらも、劉帆の表情は暗い。彼はもう一度、壁画を見る。

「……この聚落は、かなり変わっているね。霞でも珍しい海神信仰に、割れた仮面、読めない文字。何かがあるように思えてしまう」

嫌な予感がしているのは珠蘭だけではないのだと、声音から伝わってくる。

「この聚落の別の姿……兄様は知っていたのでしょうか」

「どうだろう。でも僕は、この聚落が隠しているものがうっすらだけど見えてきた気がするよ。早くここを出て、霞正城に報告したいところだね」

やはりまずは脱出である。小窓から見える海は、薄暗くなりつつある。陽が完全に落ちてしまえば室内を探るのは難しくなる。急がなければ。

「海神の牢《ろう》ねえ……でも、ここは普段は牢として使われていないのかもしれないね」

「というと？」

「仮面を割った台座からそう思ったよ。人を閉じ込めるためでなく、ここで隠れて仮面を割っていた。たとえば海神を祀《まつ》る儀式とか」

この発言に、珠蘭は引っかかるものを感じた。

「海神の牢……これは他の人にとっては牢にならないのでしょうか。今まで閉じ込められたのが海神の贄姫だけだとしたら」

あの日記では、ここに閉じ込められた海神の贄姫は自力で出ることができなかった。そして、珠蘭を含めて海神の贄姫は共通点がある。

(私たちは、緑と紅《あか》を見分けるのが難しい)

他の地域では珍しいとされる色覚異常を持つ女人は、この聚落にとっては珍しくない。色覚異常を持つ娘は海神の贄姫となる。

「海神の贄姫にとっては牢で、それ以外の者にとっては牢ではない……」

口にして、ぞっとする。海神の贄姫であるが故に、この場所が恐ろしく、珠蘭は俯《うつむ》いた。

「今日の君は、随分と弱々しいな」

その声が鼓膜を揺らすと同時に、珠蘭の視界がぐいと動いた。劉帆の手で顔を持ち上げられたのだ。視線が交差する。劉帆はいつものように笑っていた。

「今回は僕もいる。しかも君は稀色の瞳を持ち、高い洞察力がある。君が海神の贄姫だろうが出られるとも」

さらに劉帆は、顔を持ち上げたついでとばかりに、珠蘭の両頰を摘まんだ。

「いひゃいれす《痛いです》」

「前もこんなことがあったな。まあいい。君は俯いてはいけないよ。その瞳にたくさんの物事を捉えなければならないからね」

ふにふにと頬を揉《も》んだ後、劉帆はぱっと手を離した。

「な、何するんですか……」

「君を元気づけようと思ったんだが……これはあれだな。頬に触れたと海真に知られては少々怒られてしまうかもしれないな。ううむ。難しい」

ぶつぶつと劉帆は呟き、考えこんでいるようだ。しかしそれもすぐに終わり、ぱっと顔をあげる。

「とにかく、僕は君も稀色の瞳も信じている。だから思うことや考えることは共有していこう。共にここを出るためにもね」

「……はい！」

劉帆の言葉は不思議だ。冷えていた体を温めるような、心の奥に染みこみ元気を与えるような、そんな力を持っている。

「ところで、僕は先ほどの話で気づいたことがあってね。海神の贄姫が出られないということは、海神の贄姫の共通点——色が関係すると思うんだ」

「色……なるほど。海神の贄姫は見える色が限られているから……」

珠蘭は自らの腕にある、二つの腕輪に触れる。珠蘭の瞳には枯緑《クーリュー》色として映るが、実際は緑と紅の色をしている。指で触れ、波濤《はとう》線が刻まれていれば翠玉《すいぎょく》の碧輪《へきりん》。太い直線ならば紅玉《こうぎょく》の紅輪《こうりん》と覚えている。枯緑色にはわずかな濃淡の差があり、腕輪と比べることで色を確かめている。だが識別には時間を要し、暗い場所では難しい。

(他の贄姫も、見分けがつかない)

薄暗い牢では、時間をかけたとしても色を見分けるのは難しい。石壁は、分厚い苔《こけ》が覆うおかげで枯緑色に映る。床も、台座も。海以外が枯緑色に映っていた。

(蒼海色《そうかいしょく》……海だけは、色がわかる)

海だ。海神の贄姫は壕《ごう》の小窓から、東の海を眺める。やはり変わらず海が見えている。

(小窓は……東に？　海神の贄姫が東に向けて祈るからと思っていたけれど)

そこで疑念が浮かんだ。珠蘭は扉の方へ向かう。用心して扉を開け、そこから見える海を確かめた。

夕刻になって風が出てきたため、白波が立っている。蒼海色にぽつりと浮くような波の白さが、珠蘭に違和感の正体を明かした。

珠蘭は目を閉じた。焼き付けられた記憶を紐解《ひもと》く時、必ず故郷の海を思い出している。時間を置いてけぼりにし、永遠に混ざるかのようなあの感覚。何度も見てきた、壕から見た東向きの故郷の海。その時の波音。波の動き。

(そうか……海神の贄姫が出られない理由は色だけじゃない。もう一つある)

答えに至り、珠蘭は瞳を開く。そしてもう一度、小窓に寄った。

「……劉帆。わかりました」

小窓から見える海の、波の動き。それは記憶にあるものと異なる。

「この窓は東向きではありません。私が間違えていたようです。海神の贄姫は東の海に向かって祈るからと、この窓も東向きだと思いこんでいました」

「なるほど。海神の贄姫は東に向かって祈る。刷り込まれたその知識によって、贄姫は西の壁にある扉は出入り口だと考える……ということか」

「はい。ですが西の扉を開けてもそこは海。だから、まるでここが海上に浮いた、出られない場所のような気がしてしまうのかもしれません」

「では、ここから見える海は？」

「それが――」

珠蘭は口ごもる。というのも、小窓から見えるものが奇妙だったためだ。陽の明るさや刻限から考えて東向きで間違いはない。だが波の動きは違和感がある。まるで鏡だ。鏡を覗きこんだ時の、反転を見ているかのよう。

小さな鏡は市井に出回り、珠蘭も見たことがある。だからここに映っているのが鏡によって反射されたものだと想像できた。だが、ここまで曇りなく、本物かのように反射する鏡を作る技術は霞にはない。霞で作られる鏡は質が良くないため、市井に出回る鏡は小さく、歪《ゆが》みがあった。霞正城や花妃が持つ鏡は、他国との交易によって手に入れるもの。よく磨かれて曇りがない希少品である。それが、この鄙《ひな》びた聚落にあるとは信じ難《がた》かった。

言い淀《よど》んだことに気づき、劉帆が小窓に寄る。近づいてじっと眺める。身を屈《かが》め、角度を変えて何度も覗きこみ、そして結論を出した。

「鏡だね。海があるように錯覚させている――ということは、鏡を置いて誤魔化《ごまか》さなければならない理由。出入り口はこちらの壁に隠されているということだ」

劉帆は小窓付近の壁に触れる。苔を剝ぎ取り、何かを探しているようだった。

「二重の仕掛けだね。海神の贄姫が信じる方角を狂わせる鏡。色のわからぬ贄姫には気づけない仕掛け――うん。珠蘭、これは？」

石壁の隙間に、石が挟まっている。枯緑色。苔と同じ色をしている。石壁は剝がした苔と同じような枯緑色をしているため、最初はどの石を指しているのかわからなかった。

「……枯緑色ですね」

「じゃあこれが正解だろう。僕の瞳にはね、朱色に塗られた石が映っているよ」

この石をぐっと押しこむ。奥の方にかたんと落ちると、石壁と思っていたものが動かせるようになった。木製の扉に石を張り、さらに苔を被《かぶ》せて隠していたのだろう。この朱色の石を鍵として動きが止められていたようだ。

「これでは海神の贄姫が出られないわけだ。日中であっても薄暗い部屋なら、君たちは区別がつかないだろう」

「劉帆がいてよかったです。私一人なら、どうなっていたことか」

「それは僕もだよ。鏡のことには気づけなかった。これは稀色の瞳のおかげだ。つまり僕たちは二人いたからうまくいった」

そう言った後、劉帆が珠蘭の頭を撫《な》でた。温かな手のひらだ。

「甜糖豆《テンタントウ》があれば迷いなく渡せたのにねえ」

「おあずけということにしてください。後で必ずいただきます」

「食いつきがいいなあ」

苦笑した後、劉帆の手が離れていく。温かなものが離れ、少し寂しさが残る。

「大丈夫。甜糖豆を渡す機会など生きて出られればたくさんあるはずだ」

言い終えた後、劉帆が動き出した。開いた扉から中を覗《のぞ》きこんで周囲を確認し、珠蘭を呼ぶ。

「見てごらん。君の洞察力はまったく恐ろしいよ」

小窓があった方を見れば、想像通りそこには大鏡がある。斜めに置かれ、東の空と海を映し出すようにしている。これによって、ここに通路が隠されていることは考えにくくなる。ましてや、壁を動かすための鍵は海神の贄姫が見分けられない色だ。

「ここまでして、海神の贄姫を閉じ込めようとしていたなんて……すごく怖い」

「執念を感じるねえ。それほど海神信仰は聚落の者にとって大事らしい」

劉帆は鏡の方へと行く。表面をさらりと撫で、確かめていた。

「……こんなにも大きく、歪みのない美しい鏡を初めて見る」

「霞正城にもありませんね」

「不死帝への献上品に相応《ふさわ》しいぐらいさ。鏡や玻璃《はり》の技術については他の国に比べて一歩遅れているのが現状だから、この精巧な鏡を霞で作ったとは考えられない。となれば他の国からきたのか……」

ぞわりと、背筋が粟立《あわだ》った。嫌な予感がする。不穏なるものが珠蘭の足元で渦巻き、呑《の》みこまれてしまいそうな感覚だ。それでもこの予感に名前をつけるべく、珠蘭は問う。

「他国……とは？」

「いくつもある。霞は島を平定しただけに過ぎず、海を隔てた向こうには様々な国があるとも。そうだな、鏡や玻璃などの交易品が多い国といえば——」

少し間を置いたのは、劉帆も躊躇《ためら》っていたのだろう。その名を口にすることで、彼も感じているだろう嫌な予感が現実になってしまうのではないかと恐れたのかもしれない。

逡巡《しゅんじゅん》の後、劉帆は顔をあげ、珠蘭の瞳を正面から見据えた。

「海を越えて東にある大国——斗堯国《とぎょう》」

珠蘭たちは海神の牢で陽が沈むのを待ち、夜になってから動くこととした。方角と色の二重の仕掛け以外に罠《わな》はなく、壕に行く時と同じように長い通路を進んで外へ出る。聚落の者たちは、海神の牢から出られまいと慢心しているらしく、見張りはいなかった。

周囲の様子に気を配りながら、山道を行く。馬車は聚落から離れたところで待たせてある。今となっては良い判断であった。聚落の者たちも気づいていないだろう。ここを出たら馬車まで戻る予定だ。しかし、聚落を離れると考えた時、珠蘭の足が止まった。

「……劉帆。寄りたいところがあります」

「ううん。また捕らえられたくはないからね、応相談としよう。内容による」

「気になることがあるので、昼間に行った壕に寄りたいです」

壕に潜んでいた馮姉弟は聚落の者ではない。珠蘭たちと会っても捕らえようとはしないだろう。そして何よりも、読みかけとなったあの日記が忘れられない。

(あの海神の贄姫は、どうなったのだろう)

劉帆を説得し、もう一度《いちど》馮姉弟がいた壕に向かう。一度通っているので道は覚えている。

「君を迎えにいった時を思い出すねえ」と苦笑する劉帆と共に、風が進む方を頼りに真っ暗な通路を進んでいく。そして——。

「……あれ」

目的の部屋に着くも、人の気配は消えていた。

輿翼はともかく慧佳がここを離れたとは考えにくい。あの状態で外に出たのだろうか。

几《つくえ》には珠蘭が離れた時と同じように書が置いてある。ここにいたという海神の贄姫が書いた日記だ。

「これが読みたかったんです。私と同じように海神の贄姫となった方が書いたものらしくて。外に出たくて壕を逃げ出すも見つかって海神の牢《ろう》に捕らえられ、その後は壕に戻ったとありました」

「へえ。興味深いね。今はどこにいるんだろう」

「私も途中までしか見ていないので……」

最後に読んだところから続きを読む。海神の牢という恐怖を知った海神の贄姫が、聚落の者に怯《おび》えるところからだ。

『海を見るのが怖い。私もいつか連れて行かれるのだろう』

震えた文字に違和感を抱く。そこから少し空白が続くが、何枚も紙をめくると震えた文字が再び現れた。

『舟が行った。幼い頃遊んだ子が乗っていった。優秀だと語られていたから、連れて行かれた。この聚落では才能のある者は海を渡るか宮城に連れて行かれるかだ。だから、あの子もきっと戻ることはない』

連れて行かれる。それを読み、浮かんだのは兄の海真のことだった。だが読み進めてそれとは違うと気づく。

『海神の贄姫である私も、いつか連れて行かれる。死ぬのか連れて行かれるのか、わからない。来世があるのならば海神の贄姫になりたくない。蒼海色が嫌いだ』

そこで、日記は終わった。これを綴《つづ》った娘がどうなったのかは、もうわからない。

ぞっとし、日記の内容を劉帆に語ることはできなかった。どう解釈すればよいのか悩んでいる。日記を几に戻す珠蘭の指先は冷えていた。得体の知れないものに触れてしまった恐怖に心音が急《せ》いている。

「珠蘭。これを見て」

劉帆に呼ばれ、慌てて向かう。そこは慧佳が腰掛けていた椅子だった。そこには刺繍《ししゅう》の途中だったのだろう手巾《しゅきん》が残っている。

「血で書いたんだろう。ここにいた人たちに、何かあったのかもしれない」

強張《こわば》った顔で劉帆が言う。

その視線にあるのは、慧佳が縫っていた手巾。縫いかけの金桂《キンモクセイ》の柄がある。そして手巾の端に滲《にじ》んだ文字。

『助けて』

これを書いたのは興翼かそれとも慧佳か。どちらかはわからない。だが、この場所で何かが起きたことだけは確実に伝わった。

第二章　噂に紅涙

霞正城《かしょうじょう》に戻り、季節は冬を迎えた。厳寒の時季には雪が降り、積もることもある。不死帝の園に咲く毒花たちも静まりかえっていた。

董珠蘭《とうしゅらん》の姿は外廷にあった。劉帆《りゅうほ》を通じ、特例として書院の出入りを許してもらったのだ。瑠璃宮《るり》から許可が出て、余裕のある時は書院に行って調べ物をしている。

書院はとても寒い。貴重な書が納められているため火気厳禁であり、不要な明かりも置かないため、日没前には書院が閉じられる。珠蘭も書院に行くための暖かい格好をしてきたが、指先は早々に悴《かじか》んでしまった。息をかけて指を温めながら、珠蘭は書を手に取る。

（海神《かいじん》の牢で見つけた文字を読み解くための情報を探さないと）

壁に刻まれていた画《え》と字。形はしっかりと目に焼き付いていた。

だが、どの書を読んでも記載はなく、この島が戦乱に包まれていた頃にあったという国の文献も漁《あさ》ったが、やはりあの文字は見つからない。

夢中になる珠蘭を引き戻すように、他の者の足音が耳朶《じだ》に触れた。書から顔をあげ、音のした方を見やる。

「兄様。どうしてここへ」

やってきたのは珠蘭の兄である董海真《かいしん》だった。宦官《かんがん》の姿をしている。海真は許可をもらわなくとも書院に出入りができるようだ。

「瑪瑙《めのう》宮に行ったら沈花妃《しんファフェイ》が珠蘭を捜していてね。呼んできてほしいと頼まれたんだ。これを伝えたら俺も瑠璃宮に戻るよ」

「すみません。急いで戻りますね」

珠蘭は頷《うなず》き、書を閉じる。

「兄様、一つ聞きたいことがあります」

望州《ぼうしゅう》から帰った後、沈花妃に頼んで紙と筆を借りた。記憶を頼りに、海神の牢にあった文字を書き写していた。それを取り出し、海真に見せる。

「このような……おそらく文字だと思われるのですが、兄様はご存じですか？」

「文字？　それは望州に行った時に見たのかい？」

珠蘭は頷いた。望州のことは海真にも話している。海神の牢についても話したが、海真は海神の牢を知らないと語っていた。今回も首を傾《かし》げている。

「残念ながら俺は読めないよ。そのような文字があることも知らなかった」

「ですが、以前書で見た覚えが――」

珠蘭が言いかけたものを遮って、海真は続ける。

「あの場所で見たものは忘れた方がいい。深入りしてはいけないよ」

穏やかな表情をしているものの声音は冷えている。これ以上踏みこんではいけないと圧力をかけているかのように。兄はこの文字を見たことがあるのではないか、という珠蘭の疑問は、喉の奥に封じるしかなかった。


瑪瑙宮への貢ぎ物は今も多く届いている。冬の厳しい寒さもあってか、花妃たちの交流も少なく、騒がれている沈花妃を他の花妃たちがどのように思っているのかはわからない。喧騒《けんそう》も不穏なものも、全て雪が吸いこんでしまったかのようだ。

「董珠蘭です。今、戻りました」

「入ってちょうだい」

沈花妃の声を聞いて、中に入る。今日は特に冷えているためか、居室には火鉢が置いてあった。

「海真から急いで戻るようにと聞きましたが、何かありましたか？」

「あなたが外廷に行った後にね、伯《はく》花妃からあなた宛の文が届いたのよ」

「わざわざ文を？　珍しいですね。いつもならば宮女に伝言を頼むはずですが」

「そうよね。だからわたくしも気になったの。それで、ちょうど海真が瑪瑙宮に来ていたから、珠蘭を呼び戻してもらうよう頼んだの。調べ物をしていたのにごめんなさいね」

珠蘭は伯花妃からという文を受け取る。文として寄越したということは沈花妃に聞かせたくない内容かもしれない。沈花妃には見えないよう文を開いて目を通す。

『沈花妃の噂《うわさ》について聞きたいことがある。沈花妃には伝えず、翡翠宮《ひすい》に来てほしい』

文を読み終え、顔をあげる。

(噂……？　何も聞いていないけれど、どういうことだろう)

沈花妃も中に書かれているものを気にしているのか、こちらをじっと見つめていた。だが、この内容を明かすことはできない。

「何かあったの？」

「私も全容はわからないので、翡翠宮に行って話を聞いて参ります」

後宮に広まる、沈花妃についての噂。それが耳に入らないのは珠蘭が瑪瑙宮の宮女だからなのか、それとも別の思惑《おもわく》があるのか。

珠蘭は急いで翡翠宮に向かった。

翡翠宮の宮女たちには話を通してあったのか、珠蘭が来たとわかるなり伯花妃が待つ間に通され、手厚く出迎えてくれた。

用心深い伯花妃は今日も仮面をつけている。一度素顔を見せてもらったが、その時以外は常に仮面をつけていた。宮女たちが去り、人の気配が周囲から無くなったのを確かめてから口を開く。

「いつ来るかわからぬと思っていたが、案外早かったな。文を見て慌てたか」

「噂というものに心当たりがないので気になりました。一体どのような噂なのでしょう」

伯花妃は先ほどよりも声量を落とし、扇子で口元を隠して問う。

「沈花妃の背に傷があるのだろう？」

この言葉に、珠蘭は瞳を見開いた。沈花妃の背には傷痕がある。これは沈花妃が隠していることで、着替えなどの傷痕を見せるような場面は信頼を置く宮女にしか任せていない。珠蘭でさえ偶然知ったことで、直接見たことはなかった。それほど秘されていることをなぜ伯花妃が知っているのか。

どう反応したらよいのか困り、珠蘭は口を閉ざした。

「……答えられずとも良い。だが、この噂は確実に広まっているぞ」

「噂？　私は何も聞いていませんが」

「それはおぬしが瑪瑙宮の宮女だからであろう」

これには言い返せなかった。だがそれほど広まっていたのなら瑠璃宮にも届くはず。海真や劉帆からも聞いていない。

「おぬしが知らぬということは、沈花妃の耳にもこの噂は届いていない。とはいえ時間の問題だろうな」

「……なぜ、これを私に話そうと思ったのですか」

伯花妃は、仮面から覗《のぞ》く瞳を涼やかに細めた。

「我は、この後宮で最上位にあたる花妃。おぬしのことは信頼しているが、それ以上に我が身も守りたい。現状は沈花妃が寵妃《ちょうひ》になるともっぱらの噂だからな、恩を売っておくのも悪くないと思ったまでだ」

「恩……なるほど」

伯花妃がこの話を珠蘭にしたのは、傷の有無を確かめるためではなく、噂が広まっていると忠告するためだ。恩を売ると言っておきながらもそこには伯花妃の優しさがあるのだと信じたい。

「瑪瑙宮にいるおぬしはわからないかもしれないが、この後宮はもうすぐ荒れるだろう」

「荒れる？　なぜそのように仰《おっしゃ》るのですか」

「寵妃とは謀《たばか》りを呼ぶもの。花妃が皆等しく優しいわけではない。大事なものを守るためなら敵意をぶつけても構わないと思うものもいる」

言い終えるなり、伯花妃が笑った。

「我もそうだ。我は伯家を背負う身。そのために必要であれば、沈花妃やおぬしを敵に回すことも厭《いと》わぬ」

「以前も仰っていましたね。伯花妃は伯家を大事に思っていらっしゃるのですね」

「……我が背負っていくしかないからな」

その言葉にはわずかな悲哀が込められているように感じた。だが、深く追求することはできなかった。仮面で覆われているため、伯花妃の感情が読み取れない。その仮面は、伯花妃と珠蘭の心の間に壁があるのだと示しているようだった。

「しかし、今日はあの者と一緒でないのか」

「あの者とは？」

「瑠璃宮の宦官だ。楊《よう》劉帆」

突然出てきた劉帆の名に、珠蘭は目を丸くした。

「な、なぜ劉帆が」

「よく二人で行動しているだろう。呂《りょ》花妃の時も、我が黒衣の者に襲われた時も二人で来ただろう。仲が良いのかと思っていたが」

どういう意図があるのかわからず、返答に詰まる。困惑を表情に出すまいと気を配ったが、伯花妃はそのような深い意味を考えていないようだった。

「あの者は優秀だ。だから特異な瞳を持つおぬしとも相性が良いのかと思っていたが」

「劉帆は……優秀なのですか？」

「なんだ、そんなことも知らぬのか。劉帆は優秀な宦官だと思っているぞ。その上あの容姿だからな、他の花妃たちも気に入っているだろうさ」

そう聞いて考えてみる。確かに劉帆は綺麗《きれい》な顔をしているが、珠蘭と共に行動する時は気の抜けた表情が多い。それによくからかってくる。優秀と呼ばれる所以《ゆえん》を探してみるが、なかなか見つかりそうになかった。

「ともかく、おぬしを呼び出した理由は全て話した。それ以外にも、何かあればいつでも翡翠宮を訪ねるがよい。おぬしが来ればいつでも通すよう、宮女たちにも伝えてある」

「はい。ありがとうございます」

礼をし、居室を出た。

しかし瑪瑙宮に戻る足取りは重たい。今回のことを沈花妃に伝えてよいのか悩ましい。

（背の傷について噂が回っていると知ったら、沈花妃はどうするのだろう）

それでなくても最近の沈花妃は物憂げだ。これ以上胸を痛める話は聞かせたくなかった。

結局、沈花妃には伝えなかった。沈花妃の心を不用意に傷つけることなく、噂について伝える術《すべ》が見つからなかったためだ。それに、この噂について劉帆と海真に話し、出処を確かめたい。

翌日になって珠蘭は瑠璃宮に向かった。

不死帝《ふしてい》が蒼天《そうてん》の主《あるじ》だと示すように、蒼海色《そうかいしょく》に塗られた瑠璃宮の門扉《もんぴ》を抜ける。海真や劉帆はいるだろうかと考えながら瑠璃宮に入ろうとし――そこで声をかけられた。

「ああ、そこの君」

声がした方を振り返り、見やる。そこにいたのは見たことのない男だった。姿からして宦官ではない。だが、以前ここですれ違った郭宝凱《かくほうがい》でもなかった。

（となれば……瑠璃宮への立ち入りが許される者、つまり六賢《ろくけん》？）

緩やかに微笑《ほほえ》んだ口元に、細められた瞳に引っ張られ目尻にはいくつもの皺《しわ》ができている。郭宝凱ほど老いてはいないが、髪には白髪が交じっている。髪は長く、結わずに下ろしているため、風が吹けばさらさらと揺れた。

「どうも。初めましてですねえ。君と話してみたかったんですよ」

その柔らかく軽薄な口調に驚き、念のため周囲を確認する。他の者はいない。男は、珠蘭に声をかけている。

「私、でしょうか？」

「ええ。君以外に誰がいますか。私は董珠蘭に声をかけていますよ」

「私の名前を、どこで……」

「それはもちろん知っていますよ。君は特に有名な方ですからね」

男の表情は常に変わらず、微笑んでいる。目元も狐《きつね》のようにするりと細いまま。胸元に手をやり、男は軽く頭を下げた。

「初めまして。私は六賢の一人、于程業《うていぎょう》と申します。……うん？　あまり驚いていませんね。六賢について色々と聞いているのですかね。説明が省けるので助かります」

六賢の一人と聞き、珠蘭の表情は強張《こわば》る。だが、眼前の于程業は、郭宝凱とは異なり、威圧感がなかった。彼はずいと一歩こちらに歩み寄ると、珠蘭の顔をまじまじと覗きこんだ。

「ああ、なんて可愛《かわい》らしい！　おっと、誤解しないでくださいね。劉帆も海真も我が子のように可愛いと思っていますよ。ただ、六賢というのは男だらけでむさ苦しいんですよ。だから我々のことを知る女の子が現れて嬉《うれ》しいのです。華やぎますねえ」

「……は、はあ」

「特異な瞳を持っていると聞いていますよ。ですがやはり、ああ、可愛らしい。仏頂面の史明《しめい》を見た後ですから、なおさら癒やされます。ちょっとこう……冷たいところは史明にも似ていますかね。しかし女の子はいい」

顔を覗きこむどころか、可愛いと連呼するので狼狽《うろた》えたが、彼が何度も史明の名を口にしたことに驚いた。

「史明をご存じなんですね」

「それはもちろん！　史明は私の愛弟子《まなでし》と言ってもいい。苑月《えんげつ》に頼まれて、彼の面倒を見ていたのは私ですからね。どこで間違えたのか、愛嬌《あいきょう》のない者になってしまいましたが」

史明の師だと名乗っているが、二人の性質は真逆のように感じられる。淡々と冷めた史明に対し、于程業は距離が近い。わざとらしく嘆息していたが、急にぱっと顔をあげ、こちらを再びじいっと見つめた。

「君が気になっていたのですよ。劉帆、史明、海真。みんな君のことを知っているのに、私だけ知らないなんて狡《ずる》いじゃありませんか」

「そ、そう……ですか……？」

「そうですよ！ 本当のことを言うとね、君に会いたくて何度も瑠璃宮に来ていたんです。偶然を装って声をかけようと思って……ああ！ この話をしてしまったらいけませんね。この出会いが偶然ではなくなってしまう」

この于程業という男は一度口を開けば、水が流れるように一気に喋《しゃべ》り出す。終始目を細めたまま、口調も表情も柔らかい。珠蘭はじっと、彼が語る様子を見ているだけだった。というよりも口を挟む隙がない。色々な意味で圧倒されている。

「一番伝えたいことはですね、君の味方だということです」

于程業は短く言い放ち、珠蘭の頭をぽんと優しく叩《たた》いた。

「困ったことがあったら相談に乗りますよ。六賢だから見えるものもありますからね」

これにどう返したら良いのか難しい。于程業は面白い者だと珠蘭は思っている。六賢とは郭宝凱のように威圧感のある者ばかりかと思っていたため、これは予想外の性格だ。

すると、瑠璃宮の奥から二人やってきた。足音はこちらに向かってくる。

「于中書令《ちゅうしょれい》」

これは于程業を呼んでいるのだろう。その方を見やれば、郭宝凱が白い顎鬚《あごひげ》を撫《な》でながらやってきたところだった。その隣には史明もいる。

郭宝凱は珠蘭を一瞥《いちべつ》し、そのまなざしはやはり威圧的なものだった。珠蘭を快く思っていないのかもしれないと考えるほどに。だがすぐに于程業の方へと向き直る。

「余計なことに首をつっこまないでもらいたい」

「おや、これは郭太保《たいほ》。それに可愛い史明もいるではありませんか。こんなところで会うなんて奇遇ですねえ」

史明は自らの師を前にしても畏《かしこ》まる様子がなく、煩わしいと言わんばかりに顔をしかめている。そんなまなざしを受けても于程業は微笑みを崩さない。慣れているのかもしれない。

「御託はよい。行くぞ」

「わかりました――それでは珠蘭。君とはまた会えると思っていますよ。どうかこの于程業の顔を忘れないでくださいね。それにしてもああ可愛い。毎日会えたらいいんですがねえ。ではまた会いましょう」

捲《まく》し立てるように喋り、于程業は郭宝凱と共に去っていく。いなくなればしんと静かになったような気がする。嵐が去った後に似ている。

(あの人も六賢……急に六賢が接触してくるようになった)

どれも偶然ではないように思えてしまう。触れてはいけないものに近づいているような恐ろしさだ。

その場に残ったのは珠蘭の他に史明もいる。于程業らの姿が完全に見えなくなった後、史明が珠蘭に問う。

「あの狐から、どうせ色々と聞いたのでしょう?」

「狐……まさか先ほどの方のことでしょうか。史明の師だったと聞きましたが」

「師と呼ぶには少々軽すぎるので認めたくありませんが、その通りですよ。苑月様が父のような存在ならば、あの人は師です。とはいえ狐といった方が似合いますね。特にあの細い目がよく似ています」

史明は嘆息していた。喋れば止まらない于程業に巻き込まれている史明の姿は容易に想像がつく。師でありながらも、苦手なのかもしれなかった。

「しかし、あなたから来てくれて手間が省けました。呼びに行こうとしていたので」

「ということは、そちらも私に用事があったと?」

「ええ。あなたに紹介する必要がありましてね」

その言葉の意図は、劉帆らが待つ居室に着いたところで判明した。二重扉の向こう、椅子が一脚増えている。

部屋に入ってきた珠蘭に気づき、劉帆と海真がこちらを見る。そして——もう一人。

「……え？」

その人物を視界に収め、目を合わせた瞬間、珠蘭は眉根を寄せた。

短めに切りそろえられた髪。頬についた刀傷。男はこちらを一瞥するなり目を見開き、だがすぐにそっぽを向いてしまった。その横顔は、機嫌が悪いのか顰《しか》められている。

（会ったことがある）

身につけているものは華やかになっているが、それでも顔つきは変わらない。

稀色《まれいろ》の記憶はすぐに動きだし、この人物と会った時のことが鮮やかに蘇《よみがえ》る。瞳を閉じる必要もなく、簡単に思い出すことができた。

（馮興翼《ひょうこうよく》だ……！　聚落《しゅうらく》の壕《ごう》にいた姉弟）

稀色の記憶がそう教えてくれる。間違いない。この男は馮興翼だ。

珠蘭がはっと息を呑《の》んだことは、この場にいた全員に伝わっていた。異様な空気を感じ取った劉帆がすぐに声をかける。

「珠蘭？　もしかして知っている人かな？」

「え、っと……この方は……」

望州で会っている。そう言いかけるも、先に動いたのは興翼だった。

「俺は知らねえよ。つーか、そんなまじまじ見るんじゃねえ」

興翼は苛立《いらだ》たしげに否定しているが、一瞬ほど珠蘭に向けたまなざしには驚きが交ざっていた。興翼も珠蘭のことを覚えているのだろう。

なぜ興翼は知らないふりをしたのか。そのことを考えた時、壕で見つけた手巾《しゅきん》の血文字が頭に浮かんだ。

(ここにいるということは新しい不死帝候補？『助けて』と書いたのは、ここに連れ去られたから？知らないふりをしているのにも理由がある？)

そう考え、珠蘭はぱっと表情を明るく繕った。

「すみません。初めて見る方がいたので少々驚きました」

珠蘭も席につく。史明は椅子に座らず劉帆の後ろに立っていた。興翼がいるため警戒しているのかもしれない。その視線は珠蘭に向き、どのような反応をするのか探っているのだろう。史明が口を開く。

「劉帆や海真には既に話しましたが、彼は馮興翼。新しい不死帝候補です」

「……どうも」

興翼の態度は霞正城にきても変わらない。ふてぶてしい態度を取り、こちらを見ようともしない。

「後見人は手程業です。望州で見つけてきたそうですよ。海真に続き、望州は不死帝候補と縁がありますね」

「どうだか。勝手に連れ去ってきたのはあんたらだろ」

「不死帝候補となる者は皆そうして連れ去られてきますからね。そこにいる海真だってよくご存じでしょう」

話を振られるも、海真は苦笑いをするだけだった。興翼がどのように連れてこられたのか、海真は手に取るようにわかっているのかもしれない。

（となると……私が二度目に壕に入った時、興翼は連れ去られた後だった？）

思い浮かぶのは、海神の牢《ろう》を出て壕に行った時だ。その時は興翼の姿も、姉である馮慧《けい》佳《か》の姿もなかった。残されていた血文字から不穏なものを感じ取っていたが、興翼は無事そうである。

（興翼のお姉様はどうしているのだろう。今はどこに……）

だがここでは他の者たちがいる。慧佳の所在について聞くことはできない。

「珠蘭？」

「あ、はい。何でしょうか」

「君が瑠璃宮に来た目的を聞きたかったけど、随分と興翼を気にしているようだね」

珠蘭がまじまじと興翼を眺めていたことに、劉帆も気づいているのだろう。珠蘭はすぐに「いえ」と否定し、ここに来た目的を語り出す。

「後宮で沈花妃の背に傷があるという噂《うわさ》が流れているそうです。私は伯花妃に聞いて知りましたが、瑪瑙《めのう》宮の宮女なので聞いていなかっただけかもしれません」

「背の傷……あれは一部の人しか知らない話だったね？」

海真に問われて、珠蘭は頷《うなず》く。このことを知るのは瑪瑙宮で沈花妃が信を置く古参の宮女たちと、珠蘭そして劉帆や海真といった面々だけだ。

「この噂の出処はどこだろう。俺も劉帆もそして珠蘭も、このことを外に明かしていないはず。瑪瑙宮の宮女が喋ったのか、それとも……」

海真も劉帆もこの噂について知らなかったのだ。そして背の傷について情報を漏らしてもいない。となれば、誰かが沈花妃の情報を他者に流している。

「この話を沈花妃が聞けば、また悩んでしまうかもしれない。なるべくは沈花妃に伝えず、様子を見守っていてほしい」

興翼は黙りこんだまま、この海真と珠蘭のやりとりを眺めていたが、話の切れ目とみるなり不機嫌そうな声で割りこむ。

「それで、あんたがここに来た目的である報告ってのは、これで終わりなのか？」

「そうですが……」

「じゃ、もういいだろ。わざわざ集まって、後宮だの何だの、めんどくせえ」

椅子を大きく揺らして、興翼が立ち上がる。このまま去ってしまうのかもしれない。そう思った時、珠蘭の体は動いていた。

「待って」

立ち去ろうとした興翼の腕をぐいと引っ張る。振り返った興翼は眉間に皺《しわ》を寄せていたが、構うことなく珠蘭は告げる。

「……少し、話したいことがあります」

「ちっ、めんどくせえ」

悪態をついているが、拒否ではないようだ。できればここではなく、瑠璃宮から離れて興翼と話したいが——思案する珠蘭に、劉帆が声をかけた。

「珠蘭？　なぜ興翼に」

「気になることがあるので、少し話してきます」

「……わかった」

劉帆だけでなく海真も、珠蘭の突飛な行動に驚いているのだろう。特に劉帆は不安そうにしていた。だが、劉帆たちに説明する前に、興翼の話を聞かなければ。

珠蘭は興翼の腕を掴《つか》んだまま部屋を出る。瑠璃宮を出て、人の気配の少ない場所に移動し——そこで興翼が珠蘭の手を振り払った。

「勝手に掴むな。いつまで引っ張るんだよ」

その声で我に返り、ぱっと手を離す。興翼はあたりを見回し、誰もいないことを確かめてから、深くため息をついた。

「で、俺に話って何だよ」

「確認したいことがあります。あなたは、私が故郷の壕で会った馮興翼ですね？」

興翼は眉間に皺を寄せ、ぐっと珠蘭を睨《にら》みつけている。その表情から興翼が警戒しているのだろうとわかった。

「どうして、そう思う？」

「あの時はお話ししていませんが、私は人よりも記憶力が良《い》いのです」

すっと瞼《まぶた》を伏せて、珠蘭は続ける。

「海神《かいじん》の贄姫《にえひめ》として色を欠いた瞳……ですが、私はその時に見たものを覚えることができます」

「……それで、俺の特徴を覚えていた、と」

「はい。信じられないのでしたら、会った時の馮姉弟の特徴やその時の天候、室内の様子まで全て語りますが」

疑われるだろうかと案じて提案したが、興翼は首を横に振った。

「それを言い当てて、あんたが何をしたいのか。目的を言え」

興翼の瞳がするりと細く狭められる。彼の瞳に秘めたる緊張感は高まっていたが、珠蘭はそれに気づかず俯《うつむ》いていた。珠蘭の頭には、あの時残されていた血文字が思い浮かんでいる。

「……興翼が無事でよかった」

告げた瞬間、興翼の瞳が見開かれた。珠蘭は顔をあげて続ける。

「あの後、壕に行ったら二人ともいませんでした。お姉様が座っていた椅子に手巾があり、『助けて』と書いてあったので、何かが起きたのだと……ですが、今ならわかります。興翼は不死帝候補となるべく連れ去られたのですね」

海真と同じように連れ去られ、ここにいる。そう考えると慧佳のことが心配になった。慧佳は弟が連れ去られていく場面に出くわしたのだろうか。助けを求めていたのか、そうだったとしてもあの壕では声は届かず、助けは来ないだろう。血文字を残すほどの恐怖を味わったのだと想像すれば、胸の奥が痛んだ。兄弟姉妹を奪われる辛《つら》さは珠蘭もよくわかっている。海真が来なくなった時の寂寥《せきりょう》は忘れられない。

「……とにかく無事でよかった」

呟《つぶや》いた声は掠《かす》れていた。視界は潤み、それに呼応するかのように喉が苦しくなる。涙が滲《にじ》むような声だった。

「どうしてあんたが心配なんて……ああ、もう。頼むからそんな顔をするのはやめろ。調子が狂う」

「すみません……感極まってしまって。ですが、お姉様はどうなったのでしょう？　興翼が不死帝候補となったのなら、お姉様は……」

興翼は逃げるようにそっぽを向いていたが、珠蘭から送られる視線に耐えきれなくなったのだろう。再び息を吐き、観念したように答えた。

「余計なことに首をつっこむな」

「無事かどうかだけでも教えてほしいです」

「……無事だ、怪我《けが》もしていない。だから、そういう目で見るのをやめろ」

慧佳は言葉を発することもできない虚《うつ》ろな状態だった。あの状態では長時間の移動さえ厳しいように思える。そのため心配していたが、珠蘭は胸をなで下ろした。

「よかった……安心しました」

「ならいいけど。あんたの確かめたいことってのはこれだけか？」

「はい。そうですが」

頷くも、興翼の表情には困惑の色が滲んでいた。

「それなら、さっきどうして嘘《うそ》をついた？『初対面じゃない』と言えばよかっただろ」

「興翼が話してほしくなさそうな顔をしていたので、事情を聞いてからにしようと考えただけです。お姉様のことなどもあると思ったので……だめでしたか？」

「いや、助かった。でも、あの場であんたが喋《しゃべ》ってしまうんじゃないかと思っていたから、なぜ話を合わせてくれたのか気になっただけだ。今後も俺たちが会っていたことは秘密にしてくれ。あいつらには言うな」

「それは……理由によりますね」

「姉を守るため……ってことだ」

興翼はそれ以上を語る気がないらしくそっぽを向いてしまったが、それでも珠蘭には充分だった。興翼が不死帝候補となった理由は、慧佳を守るためにあるのかもしれない。珠蘭も兄が不死帝だからこそ、興翼の気持ちが少しだけわかるような気がする。

慧佳を守るため。興翼の言葉を信じ、珠蘭は頷く。

「わかりました。では、できる限り協力します」

「じゃ、行くぞ。話は終わりだろ」

「待ってください。お姉様は今どちらに？　あれから様子はどうなりましたか」

「あんたには関係ねえよ」

問いかけるも、にべもない対応であしらわれ、瑠璃宮へと戻る興翼の足は止まらない。珠蘭は慌てて興翼を追いかけた。

＊＊＊

後宮は招華祭《しょうかさい》の話題でもちきりである。

不死帝の後宮では祭事は少ない。その数少ない祭事の一つが招華祭だ。これは冬に行われるもので、春を呼び寄せるため花妃が祈りを捧《ささ》げるのだが、近年は不死帝が不在でも執り行われている。祭事を減らし、不死帝を表に出さぬようにしたのは、不死帝制度が理由だろう。此度《こたび》の招華祭も不死帝は欠席するものだと思われていたが、これが一転した。不死帝の参席が伝えられてからというもの、どこの宮も緊張感に包まれている。

招華祭まで日があるとはいえ、宮女にとっては一日が惜しまれるほど慌ただしい。瑪瑙宮も例に漏れず、珠蘭も忙しい日々を送っていた。

「珠蘭、それが終わったらちょっと来ておくれ」

他の宮女と共に荷物を運んでいた珠蘭は、瑪瑙宮の厨《くりや》を任されている宮女の河江《かこう》に声をかけられた。荷物を運び終えると河江の許《もと》へ行く。

「何かありましたか？」

「相談したいことがあってね。ここじゃ話しにくいから、ついてきてもらえるかい？」

先を歩く河江についていく。

瑪瑙宮の回廊では、いくつもの反物を持った宮女とすれ違った。新参の宮女だ。秋の終わりから瑪瑙宮には新しい宮女が入っている。宮女の人数を減らしている瑪瑙宮では、急激に増えた贈り物の対応が追いつかず、招華祭のこともあり、瑠璃宮から数名の宮女が送られていた。

「……新しい子たちが増えたからねえ、気が抜けないよ」

ぼそりと河江が呟く。河江は沈家の屋敷《やしき》に勤め、沈花妃が後宮に連れてきた宮女である。沈花妃の背の傷についても知り、その秘密を守り抜こうと努めていた。だからか、新参の者には警戒心を持っているようだ。

誰もいない庭に出て、ようやく河江が切り出した。

「話ってのはね、妙な噂《うわさ》を聞いたのさ。『沈花妃の背に傷がある』というものだよ」

これに珠蘭は顔を顰《しか》めた。珠蘭が伯花妃から聞いた時は、瑪瑙《めのう》宮の宮女には広まっていなかった。想像していたよりも噂が広まるのが早い。

「さっきね、厨で聞こえてきたんだよ。誰が言い始めたのかわからないけど、瑪瑙宮の宮女たちに広まる前になんとかしたいと思ってね。あんたは何か聞いていないかい？」

「実は、この件について他の宮でも噂になっていると、伯花妃から聞いていました」

「ああ、もう。なんだってこんな噂が。このことを沈花妃は知っているのかい？」

「まだ話していません。最近すでに物憂げですから、これ以上悩ませたくないと思い、黙っていました」

「その方がいいね。招華祭に不死帝が参席すると発表されてからというもの、沈花妃はぼんやりとしてばかりさ」

河江は理由がわからないといった様子で首を傾《かし》げているが、珠蘭は沈花妃の気持ちがわかるような気がしていた。

不死帝が来るとなれば沈花妃と顔を合わせざるを得ない。珠蘭と入れ替わっていたことに気づいてしまうかもしれない。そんな焦りがあるのだろう。

(一度、兄様に相談しないと)

このままでは招華祭までに沈花妃の心がすり切れてしまう。罪悪感に駆られて突飛な行動を取ることも考えられる。沈花妃のためにも、早めに相談したいところだ。

「女の嫉妬ってやつかねえ」

「嫉妬……沈花妃が他の方から妬まれると?」

「そうだよ。沈花妃が寵妃《ちょうひ》になってしまえば、翡翠《ひすい》宮の伯花妃は最上妃としての立場が危ぶまれ、霞で最も美しいと謳《うた》われている真珠《しんじゅ》宮の宿《しゅく》花妃だって面目丸潰れだからね」

「真珠宮の宿花妃……」

名前は聞いている。仮面をつけている姿は見たことはあるが、話したことはない。珠蘭の好奇心を悟ったらしく、河江が語る。

「宿花妃はね、入宮の際は官吏や宦官《かんがん》が列を作って見に来るほど美しいと讃《たた》えられたんだよ。仮面をつけてしまう前に一目見ようとしたんだろうさ。今でも宿花妃に会うべく、真珠宮に行く宦官が多いそうだよ。一度行けば虜《とりこ》になり、真珠宮に通うんだとさ」

「それほど美しい方なんですね」

「一度見に行ってみるといいよ。毒花も霞む美しさって話だよ」

とはいえ用事がない限り、他の宮には行きにくい。伯花妃のようにあちらから呼び出してもらえれば良いが。これまでに沈花妃が宿花妃の名を語ったことも少ないため、面識はあってもそこまでの交流がないと考えてよいだろう。

「でもどちらかと言われれば、あたしは伯花妃が怪しいと思っちゃうよ」

河江が言う。

「噂が広まっていると珠蘭に言ったのも怪しいじゃないか。そのことを珠蘭に話す理由がわからないね。それに、沈花妃が寵妃となって一番困るのは伯花妃さ。過去の翡翠花妃は、不死帝に愛されていたというじゃないか。焦ったっておかしくないよ」

河江が語った通り、翡翠宮にはそういった過去がある。当時の不死帝であった苑月が、瑪瑙花妃の晏銀揺《あんぎんよう》を愛し、彼女を守るために翡翠宮に遷《うつ》したというものだ。その過去から、翡翠宮は寵愛《ちょうあい》の宮と呼ばれることもある。沈花妃が寵妃となることで最も立場が脅かされるのは伯花妃だ。だが珠蘭はまだ納得できなかった。

（伯花妃が噂について教えてくれたのは、信頼してくれているからだと思いたいけれど）

二人で話していると、誰かが庭にやってきた。音のした方を振り返れば、供を従えて庭に出てきた沈花妃だった。顔色は悪く、足取りはふらついている。

「……あら。珠蘭と河江、ここにいたのね」

「沈花妃。部屋で休まれていた方がよいのでは……」

「大丈夫よ。少し気分転換がしたかったの」

沈花妃はにっこりと微笑《ほほえ》んだ。心配している珠蘭たちのためだとわかっているが、その微笑みも弱々しく見えてしまう。目の下は青黒く浮きあがり、昨晩あまり眠れていないことが推察できた。

(急がないと。このままでは招華祭までに沈花妃が参ってしまう)

珠蘭は瑠璃宮に行く旨を伝え、許可が出るとすぐに瑪瑙宮を出た。

劉帆もしくは海真、史明がいればいいと願って瑠璃宮に向かった、はずだった。

(……まさか、こうなるとは)

瑠璃宮に行くも劉帆は見つからず、そんな時に声をかけられた。案内されるがまま別の部屋に連れて行かれて、今に至る。

対面に座するは、にたりと笑みを浮かべ、狐《きつね》のように細い瞳。于程業だ。

「いやあ、また君に会えるとは思いませんでしたよ。ああ、この部屋は気にしないでくださいね。昔から特別に借りている場所でね、ここでよく史明や劉帆と話したものですよ」

ここは瑠璃宮の外れにある一室だが、于程業が使っているらしい。といっても、ほぼ物置のようなものである。あちこちに書が積み上げられ、どれも埃《ほこり》をかぶっている。当初はどこに腰掛けて良いかわからなかったが、訳のわからぬ布を避《よ》ければ椅子が出てきた。珠蘭はとりあえずそこに腰掛けている。

「さて。今日は何用で瑠璃宮にきましたか？」

問われるも、珠蘭は答えに窮した。

于程業は六賢の一人である。苑月派と聞いても、どこまで信じて良いものか難しい。そんな珠蘭の悩みを見抜いたのか、于程業は珠蘭の発言を止めるかのように、こちらに向けて手をかざした。

「いや、答えなくて良いですよ。当てましょう――そうですね、君は劉帆を捜している。話す内容としては……後宮に広まっている噂について、でしょうか」

言い当てられ、珠蘭は息を呑《の》む。その間にも于程業は腕を組み、ぶつぶつと考察を語る。

「君は瑪瑙宮の宮女となっていましたね。となれば瑪瑙宮までこの噂が広まったのかもしれません。慌ててやってきたということは、沈花妃が噂を知って落ちこんでいる……いや、聡《さと》い君のことですから、沈花妃の耳に入るかもしれないと予測して相談に来ているのかもしれません。それで劉帆を捜しにきたけれど、見つからない。困っていたところで私に捕まってしまい、どうしたらいいか悩んでいる――どうです。当たっていますか？」

「……それは、」

「ああ。これも答えなくて良いですよ。答えにくいことだとわかっていますからね。私は君を困らせたいのではなく、君とお話がしたいだけ。追い詰めて楽しむなんて意地悪な趣味はありませんよ」

有無を言わせぬとばかりに捲《まく》し立ててくる于程業の目的がわからない。珠蘭を呼び止め、こうして言い当てて何が楽しいのか。

「……あなたの目的は？」

珠蘭が問う。これに于程業は大きく頷《うなず》いた。珠蘭から反応をもらえたことが嬉《うれ》しかったのかもしれない。

「君の手伝いをしたいのですよ。悩める可愛《かわい》い娘に道を提示したいだけです。なぜ沈花妃の情報が漏れたのか。出処について考えたことはありますか？」

「出処……瑪瑙宮の宮女だと思います」

「ええ。私もそう考えていますよ。それ以外の者は知らないことですからね」

于程業の指が几《つくえ》をこつこつと叩《たた》く。乱雑に散らかった隙間をうまいこと探り当てていた。

「瑪瑙宮の宮女から沈花妃の情報を得て、それを流布する。これは花妃を貶《おとし》めたいが故でしょう。今はたんなる噂だとしても、火種となり、やがて大きな炎になるかもしれない」

「貶めたい？　沈花妃が寵妃になるかもしれないと目されているからですか」

「他の花妃にとっては面白くない状況です。瑪瑙宮に関する情報は、喉から手が出るほど欲しいでしょう」

珠蘭は顎に手をついて俯《うつむ》いた。沈花妃の情報を漏らした宮女は誰なのか考える。

(古参の宮女は考えられない。皆して沈花妃の秘密を守ろうとしているはず……)

思案する珠蘭の顔を、于程業が覗《のぞ》きこんだ。

「……良《い》いことを教えましょう。表向きはどの花妃も仲良くしているように見えますが、水面下では異なります。沈花妃の情報を得るべく、息のかかった者を送りこむことだってあるでしょう」

「つまりは密偵が潜んでいると?」

「過去にもそういった事例がありましたよ。密偵を潜ませたり、内部混乱を画策したり……女人の園とは恐ろしい。あなたのように可愛い女の子だけならいいんですがね」

瑪瑙宮に密偵がいるかもしれない。そうなれば新参の宮女たちが疑わしくなる。沈花妃が背の傷は見せることはないとしても、沈花妃を探って背の傷についての情報を得たのかもしれない。

「この後宮はね、毒塗《まみ》れですよ」

于程業は、不気味なほどにたりと笑っている。

「夾竹桃《キョウチクトウ》や毛地黄《ジギタリス》、石蒜《ヒガンバナ》……それぞれの宮花は毒を持つ花ですが、最も毒を持つのは人の心ですよ。他者を唆《そそのか》すことも騙《だま》すこともできるのですから。あなたに優しく微笑む者も、美しく咲き誇る花妃であっても人にはわからない毒を隠し持っている。自らのためなら他人を害したって厭《いと》わない。後宮とはそのような場所。毒花が可愛く見えてしまいますねえ」

「私は皆さんを信じたいです」

これまで後宮で積み上げてきた出会いや信頼を汚されているような心地だ。珠蘭はむっとして言い返す。だが于程業はこれを一笑に付した。

「それは君の理想と願望に過ぎず、現実はそうではありません。沈花妃を守りたいのなら、密偵を早めに見つけた方が良いですよ。沈花妃を陥れようとする黒幕が誰であるのか知っておけば守りやすくなる」

瑪瑙宮に潜む密偵と、沈花妃を貶めようとしている黒幕を探す。于程業の言葉は珠蘭の心にすとんと落ちていった。密偵が見つからなければ今後も沈花妃の情報が漏洩《ろうえい》する恐れがあり、黒幕が見つからなければさらなる謀《たばか》りが起こる可能性もある。ましてやこれより沈花妃が注目される招華祭があるのだ。

「……ありがとうございます。やるべきことが見えた気がします」

于程業の語るものを理解し、珠蘭はお礼を伝える。今は道が見えている。

「君の表情が明るくなったので何よりですよ。私も君と二人きりで話せて実に有意義でした。やはり可愛らしいですねえ。仏頂面の史明と話すよりも心が軽くなる」

「史明に聞かれたら嫌みを言われるのでは」

「まったくですよ。史明は誰に似たのかねちねちと嫌みばかり。劉帆と話したくとも史明が守るせいで近づけさせてくれやしない——さて、私は行きましょうか」

　于程業が立ち上がる。続けて珠蘭も立ち上がろうとしたが、それより早く彼が言った。

「君は残っていて構いませんよ。海真の手も空いた頃でしょう、私が呼んできます」

　上機嫌に述べ、于程業は部屋を去っていく。

（于程業は悪い人ではないのかもしれない）

　部屋に一人残され、珠蘭は考える。于程業は変わった性格をしているが、ここまでの印象は悪くない。今回話したことで、珠蘭のやるべきことが明確に見えた気がした。


　二重扉があるいつもの部屋に移り、珠蘭は沈花妃の様子について語った。興翼は相変わらず仏頂面で反応はなく、史明も話は聞いているのだろうが表情の変化がないためわかりにくい。頷きながら聞いているのは海真だけである。

「……というわけで、沈花妃はあまり心穏やかではないようです」

「珠蘭の話はわかったよ。沈花妃については俺に任せてほしい。不死帝からの伝言としてうまく話し、心労なく招華祭に出られるように頑張ってみる」

　沈花妃と海真の関係からして、こういったことは海真が適役だろう。引き受けてくれたことに安堵《あんど》した。だが、海真の表情は晴れない。

「ただ……最近は少し忙しいから、時間を取れるのは遅くなるかもしれない」

「招華祭に不死帝の参席が決まったからですか？」

「そうなんだ。不死帝としても、宦官としても、やることが山積みだよ。でも大丈夫。特に問題が起きない限りは数日で動けるはずだから」

時間はかかるとしても沈花妃のことは海真に任せるとし、次なる問題は、沈花妃の噂《うわさ》である。

「沈花妃の傷についての噂は、瑪瑙《めのう》宮まで広まり、沈花妃の耳に入るのも時間の問題と思われます。背の傷について情報を流した者を探ってみようと考えています」

「情報を流した者……目星はついているのかい？」

「瑪瑙宮の宮女と考えていますが、それ以上はまだ。ただ、情報を漏らした者が見つかれば、沈花妃の悪評を流して陥れようとしている者がわかると思うので」

「そうだね。ただの嫉妬ならいいけどそうでなければ厄介だからね。犯人捜しは俺も賛成だよ。これは瑪瑙宮の宮女である珠蘭の方が動きやすいと思うけど——」

海真がそう言いかけた時である。こつこつと扉を叩く音が五回。これは固く閉じられた二重扉から聞こえた。皆が静まり、扉に注視する。

まずは史明が扉に近寄った。一度扉を叩く。すると、扉の向こうを叩く音が三回聞こえた。これは、この部屋に入る可能性のある海真や劉帆など関係者にのみ伝えている合図だ。

史明が扉を開けると、現れたのは劉帆だった。彼は部屋に入るなり、珠蘭を見てにっこりと微笑む。

「おや、珠蘭もいたのか。それなら早く戻ってきたかったたねえ」

「劉帆が来る前に話を始めていてすみません」

「構わないよ。最近は僕も慌ただしくてね、あとで海真から話を聞くよ」

珠蘭の隣は空席となっていた。劉帆はそこに腰掛ける。

一つ空いた席に寂しさを抱いていたが、こうして劉帆が戻ってくると心が落ち着く気がしてしまう。しかし改めて見た横顔は、顔色が悪く、ひどく疲れているように見えた。

「沈花妃の噂を流した者を捜すと話していたんだ。珠蘭一人では大変だと思うし、瑠璃宮からも連絡係として一人つけたいけれど」

海真が言う。普段ならば劉帆が率先して名乗りをあげていただろう。海真もそう考えて、劉帆に話を振ったと思われたが――。

「……僕は難しいね」

劉帆は首を横に振った。

「しばらく真珠宮に通うことになりそうだ。この後も宿花妃に呼び出されている」

忙しいのだろうとは予想していたが、本人の口から一緒に行動できないことが語られると、ぽっかりと穴が空いたような心地になる。

（望州ではずっと一緒にいたから、寂しいと思ってしまうんだろうか）

今にして思えば、一日中一緒にいた望州での日々は貴重だったのだろう。懐かしい気持ちになってしまう。できることなら信頼できる劉帆と共に行動していたい。

「劉帆ならと思ったけど厳しいか。それなら別の者に……」

海真の視線が史明の方へと向く。

だが、海真が史明に声をかけるより早く、手をあげた者がいた。

瑠璃宮を出て瑪瑙宮に向かうのだが、珠蘭は眼前の者に追いつこうと小走りだった。背丈の差は歩幅にも現れ、容赦なく置いて行かれる。

「興翼、待ってください！」

声をかけて、ようやく興翼が立ち止まった。振り返れば、相変わらず不機嫌な表情である。瑠璃宮を出てからずっとこの調子だ。

「遅い」

「無理です。興翼がゆっくり歩いてください」

「なんであんたに合わせなきゃいけないんだよ」

こちらに合わせる様子はまったくない。興翼は劉帆と背丈が似ているが、劉帆がこのように珠蘭を置いていくことはなかった。

（劉帆は、私に合わせてくれていたのか）

今になって、そのことを知る。それほど興翼は容赦なく進んでいくのだ。珠蘭は説得を諦め、再び小走りになって追いかけた。

瑪瑙宮に着く頃には息も上がっていたが休む間はない。

「で、まずはどうするつもりだ？」

「親しい宮女たちに話し、疑わしい者がいないか調べてみます」

「あっそ。俺は知らねえからあんたに任せる。そもそも俺は関係ないしな」

自ら同行を申し出たと思いきや、興翼の物言いや態度にやる気は微塵《みじん》も感じられない。

珠蘭はまず厨《くりや》に行く。この刻限ならば、河江が厨の掃除をしているだろう。

「おや、珠蘭。後ろの人は誰だい？」

厨に入るなりすかさず河江に声をかけられた。後ろの人とは興翼のことだ。

「彼は新しい宦官《かんがん》の興翼です」

「そうかい。どうもね」

「…………」

興翼はそっぽを向いている。興翼のことはひとまず置き、珠蘭は本題に入った。

「沈花妃の傷の噂について調べています。情報が漏れるとしたら瑪瑙宮の宮女だと考えていますが……」

「あんたが調べてくれるなら助かるよ。とはいってもね、傷の噂は何かおかしいんじゃないかと思ってるんだよ」

言い終えるなり、河江はあたりを見回した。他人に聞かれてはまずい話をするのだろう。そして小声で言う。

「……珠蘭も知っての通り、沈花妃の背にある傷は限られた宮女しか見ていない。それも濾州《ろしゅう》にある沈家にいた頃からの、馴染《なじ》み深い宮女だけさ」

「その一人が河江でしたね。それほど警戒しているのになぜ情報が漏れたのでしょう」

「それがわからないんだよ」

河江は「ううん」と唸《うな》り声をあげて腕を組む。

「河江はどのような噂を聞きましたか？」

「あたしが聞いたのは『沈花妃の背に傷がある、傷物の妃《きさき》』という噂さ」

珠蘭は薄《うっす》らとだが、沈花妃の背の傷を見ている。

（大きな傷が二本あったはず……詳細が語られていないということは、噂を流した人は傷を見ていないのかもしれない）

傷を直接見ていなくとも、傷があるという話を聞いたのかもしれない。

「そういえば、最近入った宮女たちがいただろう？　何人かが沈花妃の身支度や沐浴《もくよく》を手伝いたいと言っていたらしくてねえ。古参の者で行うと話しても納得してくれるまで時間がかかったそうだよ」

「それは……少し気になりますね」

「確か五人だったかねえ」

手がかりとまではいかないが、気になる話は得ることができた。その五人の名前を聞くと、河江に礼を告げて厨を後にする。

回廊まで歩いたところで、無言を貫いていた興翼が口を開いた。

「それで、さっき話してた五人を調べてみるつもりか？」

「気になるところですが……数が多いですね。できれば密偵を炙《あぶ》り出す方法があれば良いのですが」

「はあ？　あんたが言い出したくせに、何も考えてなかったのか」

珠蘭は頷《うなず》く。すると興翼が頭を抱えた。

「……あんた、莫迦《ばか》なのか」

「その言い方はどうかと思います」

「策があるのかと思えば……くそっ、すぐに終わるだろうと乗ったのが間違いだった」

だが、興翼がぼやく通りである。できることなら早く密偵を見つけたいところだ。炙り出すための良い方法を考えなければ。

その後も河江の他、馴染みの宮女たちに声をかけて話を聞いたが、皆して噂のことは知っているものの、誰が漏らしたのかはわかっていなかった。

＊＊＊

沈花妃には瑠璃宮から新しい依頼を引き受けていると伝え、その間は瑪瑙宮の仕事を減らし、瑠璃宮からの依頼に尽力することの許しを得た。多くの時間を割けるようにはなったが、進展しない状況にもどかしさが募るばかりだ。怪しいと睨《にら》む者が五人もいるのでは、なかなか進まない。

「今日はひときわ暗い顔をしているねえ」

瑪瑙宮にいた珠蘭に声をかけたのは劉帆だった。声音から劉帆であることはわかっていたが、振り返ってその顔を確かめると安心する。

「劉帆！　今日はこちらに来ていたんですね」

「おや、暗い顔が消えてしまった。そんな風に微笑《ほほえ》まれると、これはなかなか、嬉《うれ》しい気持ちになる」

知らず知らず微笑んでいたのだと、からかわれて気づく。はっとして表情を戻すも、劉帆はくつくつと笑っていた。

劉帆の後ろには興翼がいた。今日も変わらず、むすっとしている。

「劉帆と興翼の二人とは珍しいですね。何かありましたか？」

「なかなか進展がないと興翼から聞いてね。何の案もないが、根を詰めているだろう君を励まそうと思ったまでだ――というわけで気分転換に行こう。外に出れば気分も変わって、良き案が浮かぶかもしれない」

「では沈花妃に許可を……」

「ああ、気にしなくていい。さっき話して珠蘭を借りると許可をもらってきたからね。では早速、冠緑苑《かんりょくえん》に行こう」

しっかりと根回しもするほど劉帆は楽しみにしているようだが、気になるのは興翼だ。やる気のない興翼ならば『行きたくねえな』などと嫌がりそうなものだが、そのような声は聞こえてこない。

「私は構いませんが、興翼は大丈夫ですか？」

「別にいいよ。行ったことねえからな。色々見てみたいだろ。ほら、行こうぜ」

瑪瑙宮を出て三人で歩く。行ったことがないと話していたはずの興翼が先を歩き、珠蘭と劉帆がのんびりとその後を追う形となった。

（劉帆も興翼も、同じぐらいの脚の長さだけど、歩幅が違う）

隣を歩く劉帆のことが気になり、自然と下を向いて歩いていた。その動作に気づいたらしく、劉帆が苦笑する。

「久しぶりに君と歩いたけれど、下ばかり見ているのは珍しいねえ。落とし物かな？」

「あ、いえ……劉帆は歩幅を合わせてくれているのだなと思ったのです」

珠蘭はそう答えて、先を歩く興翼の背を見やる。こちらに構わず歩いていた。

「なるほど。僕は比較されていたわけか」

「そういうつもりではないですが……」

比較と言われてしまえば、悪いことをしたような心地になってしまう。気まずさに言葉尻がしぼむ。そんな珠蘭の様子を、劉帆は楽しんでいるようだった。

「望州から戻ってきて、君と話す時間があまり取れなかったからね」

「ずっと真珠宮に通っているのですか？」

「そうだねえ。宿花妃から呼ばれるたびに行かなきゃいけないんだ」

宿花妃と聞くと、河江から聞いた話を思い出し、嫌な気持ちになってしまう。

（一度真珠宮に行けば、虜《とりこ》になってしまう……美しい宿花妃に惹《ひ》かれてしまう、か）

劉帆が真珠宮に通う理由を語ろうとしないことも引っかかる。劉帆はなぜ宿花妃に会いに行くのだろうか。

「興翼とはうまくやれそうかい？」

劉帆に問われるも、珠蘭は返答に悩んだ。

「……難しいです」

「ははっ。そんなに嫌がる顔をしなくても良いだろうに。あれは近寄り難《がた》いように見えて、性根は悪くないと思うぞ」

「近づくなんてできませんよ……まるで、誰も近づけず威嚇する猫のようです」

「それは面白い、猫か」

楽しげに話しながらも、劉帆の表情には影が差していた。輿翼について語る珠蘭の表情を確かめ、ぽつりと呟《つぶや》く。

「……知り合いなのかと、思っていたけど」

それは声量が小さく、冬の風にかき消されたため、珠蘭が聞き取ることはできなかった。

そうしているうちに一行は冠緑苑に着いた。

冠緑苑は後宮の北西に造られた庭園だ。人工的に造られた、舟遊びができるほどの大きな池があり、花木などの自然も豊かな場所である。しかし、不死帝は舟遊びを好まず、ここに来ることはほとんどなかった。冠緑苑の広大な敷地《しきち》は、花妃の息抜きとして使うのみである。此度《こたび》の招華祭ではこの冠緑苑を使うことになっていた。

冠緑苑では先を歩いていた輿翼が待っていた。彼は劉帆に問う。

「で、着いたけどここで何をしようって？」

「気分転換だよ。冬の冠緑苑も、閑散としてて面白いだろう？」

「目的はないってことか。じゃあ、俺は好き勝手に見てくる」

冠緑苑に来たところで大きな理由はない。それを知るなり興翼はふらふらと歩き出してしまった。時には立ち止まり、雪化粧をした冠緑苑を見回している。

「ところで珠蘭」

劉帆が言う。

「海真から聞いたけれど、于程業と会ったらしいね」

「沈花妃の噂《うわさ》について存じていたので、その話と……あと密偵を捜した方がよいと助言をいただきました」

「ということは于程業の耳にも沈花妃の噂が入っていたということか。傷に関する噂など影響はないと思っていたけれど、これだけ早く広まると怪しいものを感じてしまうね」

「そうですね……やはり早く密偵を見つけた方が良さそうです」

これに劉帆は頷いた。視線は冠緑苑に向けられる。

「招華祭は花妃が集う催し。此度は不死帝の参席も決まった。何があるかわからない。不穏な種は早々に潰した方がいいと僕は思っている」

招華祭までに、と行きたいところだが、現状は密偵捜しが行き詰まっている。良い策はないかと考えてみるが、なかなか浮かびそうにない。

「あとは伯花妃が——」

劉帆がそう言いかけた時、興翼が戻ってきた。

「おい。誰かこっちに来てるぞ」

興翼に言われるがまま前方を見れば仮面をつけた女人がこちらに向かってきていた。その後ろには宮女や宦官がずらずらと列を成している。

仮面をつけた女人は格好からして花妃だろう。だが沈花妃や伯花妃とは違う。

「あれは真珠宮の宿花妃だね」

劉帆が言った。珠蘭も宿花妃を一度だけ見たことがある。翡翠宮《ひすい》の茶会の時だ。そこでは、伯花妃への敬意を表して翡翠仮面をつけていたが、今回は異なる仮面だ。

「確か、霞で一番美しいと言われてるんだっけ」

興翼は興味なさそうに話しているが、仮面をつけていても宿花妃の美しさは伝わってくる。色素が薄く、焦げ茶色の長い髪を揺らし、髪にはいくつもの煌《きら》めく装飾品。纏《まと》っている毛皮は貴重な白狐《びゃっこ》だろう、きらきらと輝いているようにも見える。足先から頭まで全て、高価なものを身につけている。その宿花妃は供を引き連れてこちらにやって来た。

「劉帆。捜していたのよ。ずっと待っていたのに」

宿花妃は珠蘭に見向きもせず、劉帆の腕をぐいと摑《つか》む。劉帆の腕に絡みつくようにし、自らの胸部へぐいと押しつけていた。

（宿花妃と劉帆……距離が近い）

花妃と宦官《かんがん》にしては距離が近すぎるように思える。宿花妃の口端にある黒子《ほくろ》が妖艶な印象を与えていたことも影響していたのかもしれなかった。

これに対し、劉帆はさらりと普段通りの笑みを浮かべて答えている。

「ここで会うとは奇遇ですね」

「奇遇ではないわ。あなたを捜していたの。瑪瑙宮《めのう》へ行ったと聞いたからここに」

この発言に引っかかるものがあり、珠蘭は首を傾《かし》げた。

「瑪瑙宮にいると聞いて冠緑苑に来たのですか？　随分と方向が違うように思いますが」

その疑問を、つい声に出していた。すると宿花妃がこちらに向き直る。

「あなた、わたくしに文句があると？」

「失礼いたしました。そのつもりはなく、気になったまでにございます」

宿花妃はじりとこちらに寄る。

「あなたの名は？」

「瑪瑙宮の董珠蘭にございます」

「董珠蘭……そう、あなたが董珠蘭なのね。聞いたことがあるわ」

宿花妃は淡々と語っている。好意的でないことはその声音が表していた。

「あなた、沈花妃や伯花妃から慕われているのでしょう？　きっと、卓越した記憶力を求めて皆が集うのでしょうね。皆より優れているというのは何よりも目立つ、心地よい称号よ。目立った取り柄がなければ、人は集まってこないもの」

珠蘭は返答に窮した。曖昧な表情を作ることしかできなかった。

「瑪瑙宮といえば、沈花妃の様子は如何《いかが》かしら。今はひどい噂が流れているから、心を痛めていなければいいけれど──ああ、でも大丈夫ね」

宿花妃はぽん、と両手を叩《たた》く。

「あなた、様々な問題を解決してきたのでしょう。ならば此度もあなたが真偽を確かめて、解決してくれるのではないかしら。背に傷を持つ花妃なんて前代未聞のこと。これが本当だったのなら不死帝には相応《ふさわ》しくない、後宮にいてはならないわ」

この発言から察するに、宿花妃も噂を聞いているのだろう。

（真偽を確かめろ、と言われても）

珠蘭は、沈花妃の背に傷があることを知っているが、それが表情から伝わらぬよう気を引き締め、唇を真一文字に結んだ。

「沈花妃の噂だってあなたに任せれば解決できる。真偽を確かめ、もしも傷が事実なら追い出してくれるのよね？」

優しい言葉に見せかけて、珠蘭を快く思っていないことが伝わってくる。信頼などしていないのだろう。

珠蘭を挑発するかのように、仮面の奥に見える瞳がするりと細くなる。

「ここは傷一つ許されない後宮。それは沈花妃だけでなく、あなただってそうよ。解決できなかったなんて失敗は一度たりとも許されない——そんなことはないのでしょうけど」

沈花妃の背の傷の真偽を問えと急《せ》かし、けれど失敗をしてはいけないと重圧をかける。まるで、珠蘭が失敗することを望んでいるかのようだ。

（嫌われている……と思うけれど、ここまで嫌われる理由がわからない）

宿花妃と言葉を交わしたのは今日が初めてである。敵視される理由は思いつかない。

その間に宿花妃はもう一度劉帆の腕を強く抱きしめた。

「それよりも、劉帆に相談したいことがあるのよ。青銀狼《せいぎんろう》の毛皮が手に入りそうなの」

「おや。青銀狼ですか。よく手に入りましたねえ。珍しいでしょうに」

「お父様に送っていただくのよ。けれど少し迷っているの。わたくしに一番似合う形に仕立てたいから、あなたの意見を聞かせてちょうだい。そうだわ、お父様からいただいた珍しい大鏡の前で話しましょう。あなたが、ずっと気にしていたものじゃない」

「曇り一つない鏡、でしたね。それは楽しみです。ぜひ大鏡を見せていただきたい」

「まあ！　わたくしのことも見てちょうだいね。大鏡に嫉妬してしまうわ」

劉帆に話しかけつつ、その腕を強く抱きしめて離さない。まるで豊満な胸部に埋もれさせるかのようだ。

（そこまで腕を抱きしめなくとも劉帆は逃げないと思うけれど）

宿花妃の意図はわからないが、珠蘭の表情を確かめるかのように何度も視線を送ってくる。

「劉帆、今すぐ真珠宮に戻りましょう——そうだわ、そこの若い宦官も一緒に」

今度は興翼へと話が向いた。

「あなた、見たことのない方よね。お名前は？」

「……馮興翼」

相手が花妃であると知っているだろうに、興翼はやる気のない返事をしている。

劉帆がさっと動いて間に入った。

「申し訳ありません。興翼は瑠璃宮に来たばかりでしてね。礼儀作法もわからない新参者ですから」

「気にしていないわ。劉帆とは違って初々しさがあるから可愛《かわい》らしいじゃない」

「おや。僕は初々しくないので可愛くないと」

「あなたが今から真珠宮へ来てくれるのならば可愛く見えてしまうかもしれないけど」

そして、宿花妃はもう一度興翼に声をかける。

「興翼も真珠宮へいらして。わたくし、あなたに興味があるの。お話を聞きたいわ」

珠蘭もいるというのに、宿花妃は興翼にのみ声をかけていた。この温度差は居心地が良くない。その上、宿花妃はちらちらと珠蘭の表情を確かめている。

この状況が引っかかり、珠蘭は知らず知らず俯《うつむ》き、考えこんでいた。

気になるのは劉帆のことだ。彼は宦官という立ち位置にいるが、飄々《ひょうひょう》とした物言いは伯花妃や沈花妃相手でも変わらなかったと記憶している。それが今は、宿花妃の機嫌取りに徹している。いつもの劉帆ではないように思えてしまう。

気になるが、わからない。劉帆と接する時間が少ないことが一番の理由だ。

「……断る。俺は行かない」

興翼の声が聞こえて、珠蘭は思考の海から這《は》い上がる。

「真珠宮に行くってんなら劉帆一人で行けよ。俺は行かねえ」

花妃を相手にしても荒々しい物言いは変わらない。宿花妃は驚きに目を見開いていた。

「ねちねちした嫌みばっかり言って、これだから後宮ってのはめんどくせえ。珠蘭が嫌いだってはっきり言えばいいだろ。霞で一番美しいってのは顔だけで心は醜いのな」

「興翼！」

劉帆が声を荒らげた。興翼の無礼な物言いを止めようとしたのだろう。だが興翼は止まらず、今度は劉帆に視線が向く。

「劉帆、あんたもだよ。珠蘭がぼろくそに言われても黙ってるのかよ。そんなに胡麻《ご ま》を擂《す》りたいってなら、さっさと真珠宮に行けばいいだろ」

冠緑苑が冷えたように感じる。冬のせいだけではない。興翼の言葉によるものだ。何も言えずにいる宿花妃と劉帆を残し、興翼が珠蘭の腕を引く。

「行くぞ。劉帆は置いてけ」

「え、えっと……はい」

振り返る余裕はなく、すたすたと歩く興翼の背を必死に追いかける。劉帆がどのような表情をしていたのかさえ確かめることはできなかった。

冠緑苑から離れたところで、ようやく興翼の歩みが止まった。振り返るなり、珠蘭の顔を覗《のぞ》きこむ。

「……な、何ですか」

「さっき、落ちこんでたろ」

いつのことだろうかと考え、首を傾げると、興翼が続けた。

「宿花妃が俺を誘った後、俯いてただろ。だから泣いてんのかと思ったけど」

「ああ、確かに……。あれは劉帆の行動について考えていただけです」

「は？　いや、考えていたって……泣いてたんじゃねえのかよ……」

「劉帆が宿花妃相手に強く言えないのはどうしてなのか気になって。確か最近、真珠宮に通っていましたよね。どんな理由があるのかと考えていました」

「……なんだよ、そりゃ」

興翼は大きなため息をつき、頭を抱えてしまった。

「宿花妃に散々言われて泣いてるんだと思ってたら、ただの考えごとって……」

「気になるじゃないですか。劉帆がどうして真珠宮に通うのかという理由」

「どうせ、宿花妃の色気にあてられてるんだろ。あんなに抱きつかれていたんだし」

確かに宿花妃は独特の色気を持っている。顔の半分は仮面で覆われていたので口元しかわからなかったが、豊満な胸部や臀部《でんぶ》、そのくせ脚や腕は細く、妖艶という言葉に相応しい女人だった。煌びやかな装飾品も霞む美しさである。

だが、その色香に劉帆が屈するだろうか。

「……あまり、考えられないですね」

いまいちぴんと来ない。豊満な胸部に腕が埋もれたとしても表情一つ変わらない気がする。不死帝なき霞の未来について熱く語っていた劉帆の、美しい女人に鼻の下を伸ばす姿は想像できない。

「劉帆のことですから、理由があって近づいているのだと思います。宿花妃、いや真珠宮に何かあるのかもしれませんね。それを調べるために宿花妃に近づいているのかも……」

珠蘭はぶつぶつと呟《つぶや》き、再び思考の渦に入りこみそうになったが、興翼が止めた。

「劉帆のこと、信じてるんだな」

驚いたような顔をし、興翼は続ける。

「あんたと劉帆は仲が良《い》いんだと思ってた。だから、宿花妃に嫉妬したり泣いたり、そういうもんだと思ってたけど……変なやつ」

「まさかその、変なやつとは私のことですか？」

「あんた以外にいるのかよ」

変わっていると言われたことはあるが、真正面から変なやつと言われるのは少々腹立たしい。珠蘭はむっとし、言い返そうとしたが、逃げるように興翼が歩き出す。

「行くぞ。さっさと密偵を捜し出すんだろ」

ずけずけとした物言いは腹立つが、興翼の言う通り、珠蘭にはやることがある。ここで言い争っていても仕方が無い。

（でも劉帆は……どうして真珠宮に通っているのだろう）

珠蘭は振り返り、冠緑苑の方角を見やる。劉帆たちはもう真珠宮に向かったのだろうか。

（動じたりはしないけれど心配だ。それに……ゆっくりと話せていない）

望州の時のように、隣にいれば話せるのに。言葉を交わさなくても手が触れあっていた。温かかった。その時を思い出すと、胸の奥が痛くなる。

（……寂しい）

隣にいないことで生じる感情。それを押し殺すかのように手を固く握りしめた。

＊＊＊

それから数日が経過した頃である。その日は海真が瑪瑙宮に来ることが決まっていた。

招華祭に向けて沈花妃の心労を減らすべく、海真が話すというものだ。

だが予定の刻限に遅れてやってきた海真の表情は、想像と異なるものだった。

「大変なことが起きているんだ。沈花妃も落ち着いて聞いてほしい」

居室には、沈花妃と珠蘭の他、海真と興翼がいる。海真は深刻な表情をし、沈花妃をじっと見つめて告げる。

「濾州寒遼《かんりょう》で、暴動が発生している」

その言葉に、沈花妃が短く息を呑《の》んだのがわかった。

濾州は霞の東部に位置する。中でも寒遼は人口も多く、霞東部の交易拠点として使われている。沈花妃の生まれも濾州であり、現在の濾州刺史《しし》は沈花妃の父である。

「そんな……父は……父は無事なの？」

「無事だと報《しら》せは入っているけれど、それ以降はわからない」

「どうして……だって最後に文が来た時はそんなの一言も……」

「最近の濾州は民の反発が強いと、瑠璃宮に報告が届いていた。けど一気に事態が悪化したらしい。霞正城にも要請が入って、鎮圧のために軍を動かすことになった」

沈花妃は青ざめ、呼気が荒くなる。慌てて珠蘭がそばに寄った。

「……今は一部の者しか知らないけれど、もうすぐ公に広まる。これが長引けば、沈花妃にも影響が及ぶかもしれない」

後宮の花妃たちはそれぞれの家を背負っている。代表としてここにいると言っても過言ではない。そして此度《こたび》の暴動、沈家の者が刺史である濾州で暴動が起きたのだ。軍が動くほどの暴動を起こしてしまった、濾州をまとめあげることのできなかった沈家として他者は見るだろう。その娘は花妃に相応《ふさわ》しくないと糾弾する者が現れるかもしれない。

「そしてもう一つ。話が――」

海真が言いかけた時だった。興翼が何かに気づき、扉の方を見る。

「興翼？　何か――」

「静かにしてろ」

興翼のひそめいた声が珠蘭の問いかけを遮る。興翼は海真の方をちらりと見た。おそらく、このまま話を続けろという意味だろう。

「……扉の前に誰かいる」

興翼は珠蘭にのみ聞こえる声量でそう告げた。

ここに集まるとなった後、沈花妃は人払いを命じていた。宮女たちもここには近づかないはずである。

（扉の前……まさか）

捜していた密偵が、扉の前にいるのではないか。その結論に至ったのは珠蘭だけではないようだった。興翼は音を消して立ち上がり、ゆっくりと扉の前に移動する。

短く息を吸いこんだ後、興翼が動いた。勢いよく扉を開け放ち、叫ぶ。

「誰だ！」

「ひっ……」

予想通り、そこには瑪瑙《めのう》宮の宮女がいた。突然扉が開いたことに驚いたのか、腰を抜かしている。

「あんた、話を聞いていたな？」

「ち、違います。わたしは決してそんな……」

「言い訳をするな」

興翼が強く睨《ね》めつける。ここで珠蘭と海真も興翼の横に並んだ。

「逃げたとしても無駄だよ。君が知っているかはわからないけれど、董珠蘭はその目で見たものを覚える。ここで話を聞いてしまった君の顔を珠蘭は覚えるさ」

「はい。覚えました。彼女は最近入った宮女ですね」

怪しいと睨《にら》んでいた五人の宮女のうちの、一人である。こんな風に尻尾を摑《つか》むとは思っていなかった。

興翼は慣れた手つきで宮女を拘束した。縄はなかったので手を後ろに組ませ、興翼が摑んでいる。

「どうする？　衛士につきだすか？」

「いえ……衛士より先にやるべきことがあります」

そう話していると、室内から沈花妃が出てきた。顔色はさらに悪くなり、歩き方もよろよろとしている。すぐに海真が側について支えた。

「珠蘭……これは一体、何が起きているの？　どうして瑪瑙宮の宮女を……」

沈花妃からすれば、珠蘭たちの捕り物が何であるのか理解できないのだろう。

「説明は後ほど。まずはこの者を拘束し、裏にいる者を探る必要があります」

「一体何が……父も、宮女も……何が起きているの……」

沈花妃はよろめき、その場に膝をついた。

だが、ゆっくりと説明している時間はなかった。このことを説明するには、背の傷についての噂《うわさ》が流れていることも話さなければならない。

「珠蘭。沈花妃のことは俺に任せて」

「お願いします。私と興翼は、別の場所でこの宮女から聞きましょう」

珠蘭たちは、捕らえた宮女が使っていた宮女室に移動した。他の部屋では宮女たちの目がある。この問題を公にするには早いと考えてのことだ。

ここに来るまでの間に縄を調達し、宮女を拘束した。宮女は部屋の中央に立たされ、興翼が戸にもたれかかるようにして逃げ出さないよう見張っている。宮女は青ざめているがその瞳には光が宿り、まだ諦めてはいなそうだ。

「では、問いますね」

珠蘭が口火を切る。

「あなたはあの場所で何を聞いていたのでしょうか」

「……わたしは何も聞いていません」

「人払いが命じられていました。近づいてはならないと言われていたはずです」

沈花妃が命じる人払いとは、居室前の廊下にも人がいてはならないという意味を持つ。史明がいる時は見張りとして立つこともあったが、今回は史明がいない。その場合は、遠く離れた通路に古参の宮女が立ち、他の宮女に人払いされている旨を伝え、それ以上奥に進まないように追い払うのだ。そのため知らずに近くにいたという言い訳は通じない。

「あなたは、人払いされていると知ったからこそ居室に近づき、話を聞いていましたね」

「…………」

「沈花妃の周辺を探るよう、誰かに命じられていたのでは？」

「…………」

宮女は否定することも諦め、口を真一文字に引き結んでいた。これ以上語る気はないのだろう。

「おい。それ以上聞いても答えそうにないぞ。どうすんだよ」

痺《しび》れを切らした輿翼に急かされるも、宮女の口を割らせる術《すべ》は思いつきそうにない。

（どうしよう……これ以上この宮女に聞いても答えが出てこないのなら……）

迷った末《せ》、珠蘭は室内を見回した。何か証拠が残っているかもしれないと期待した末だ。

室内には宮女が使っていたであろう私物が残っている。着替えや簪《かんざし》、几《つくえ》には筆と墨、文らしき紙が置いてあった。

珠蘭は文を手に取る。

「これは、あなたが書いたものですか？」

「……………」

宮女は答えない。文には、他愛もない話が書いてあり、沈花妃やその周辺に探りを入れろ等《など》の不穏なものは書いていない。ただ、気になったのは最後の一文だ。

『迷惑をかける。離れていても信頼している』と綴《つづ》られています。これを書いたのは、あなたではありませんね？」

これにも宮女は唇を引き結ぶだけである。

なかなか進まぬ展開に、ついに輿翼がため息を吐《つ》いた。

「送り主がわからないなら何の役にも立たねえな」

「まだわかりません」

告げるなり、珠蘭は瞳を伏せた。

壕《ごう》で見ていた海を思い出す。一面の蒼海色《そうかいしょく》。飽きるほどみた望州の海だ。一瞬のうちに姿や表情を変える波の動きを思い浮かべれば頭が冴《さ》えていく。集中力は研ぎ澄まされ、これまでに見てきた様々な記憶が浮かぶ。数多《あまた》の画《え》のような記憶たちだ。

(この筆跡を……どこかで見ていないだろうか)

縋《すが》るように、これまでの記憶を辿《たど》る。

そして――珠蘭は瞳を開いた。

いつの記憶であったか自信がなく、そのために時間はかかった。だが、稀色の瞳は答えを見つけている。

それは信じたくないもの。宮女が持つ文を書いた人間。

「……これから、翡翠宮《ひすいきゅう》に行きましょう」

珠蘭が告げた瞬間、宮女が息を呑んだ。顔色はさらに悪くなっている。黙していても態度にはじゅうぶんに表れていた。

「翡翠宮ってことは……伯花妃か？」

「わかりません。ですが一度、話を聞いた方がよいと思います」

伯花妃が綴った文を珠蘭は受け取ったことがある。その時の筆跡と同じだと、珠蘭は考えている。

(でも伯花妃なら……なぜ私に噂のことを話したのだろう)

しこりのように違和感が残っている。どれほど考えても消えてはくれない。

海真に報告した後、珠蘭たちはすぐに翡翠宮へと向かう。事前に報せていない訪問ではあったが面会は叶《かな》うことになった。通された部屋でしばらく待っていると、仮面をつけた伯花妃がやってきた。

「急にどうした。おぬしがそのようにやってくるとは不穏なものを感じるが」

伯花妃に続いて宮女が現れ、伯花妃が好むのだろう香茶を置いた。そして隅に立つ。

これからする話を翡翠宮の宮女に聞かせて良いのだろうか。一瞥《いちべつ》した後に悩んでいると、その様子を見ていた伯花妃が言った。

「珠蘭よ。人払いはいるか？」

「その方がよいかと思います」

伯花妃がすぐに手をあげた。これを見て、宮女が礼をし、部屋を出て行く。

「おぬしを信頼しているからな。人払いが必要だと言うのなら、そのようにする」

その声音に、偽りは含まれていないように聞こえてしまう。伯花妃に信頼されているのは自惚《うぬぼ》れでないと思いたい。だからこそ、珠蘭の中にある違和感が大きくなった。

宮女たちが去り、少々の間を置いた。伯花妃は輿翼と珠蘭を交互に眺めた後に言う。

「今日は何用で来た。申し入れもなく、宦官《かんがん》とやってきたということは、急ぎの件があるのだろう？」

「単刀直入に申し上げます。瑪瑙宮に、密偵を送りこんでいたのではないでしょうか」

珠蘭の言葉を耳にしても伯花妃は微動だにしない。仮面によって表情の変化も覆い隠されている。このような場面では仮面の存在が憎く思えてしまう。

「ほう？　話を聞こう。なぜそう判断した」

「沈花妃の背に傷があることを知る者は限られています。瑪瑙宮の宮女が漏らしたと考えるべきですが、沈花妃は身の回りのお世話を古参の宮女に任せているため情報が漏れるとは思い難《にく》いのです」

「だから、沈花妃の周辺を探る密偵がいたと考えているわけか」

「密偵を通じて背の傷に関する情報を得て、背の傷に関する噂として広めた。そう考え調べていた時に、ある宮女を捕らえました」

その宮女は瑪瑙宮に残してきた。海真に見張りを頼んでいる。外に出せば他者の目に触れてしまう。宮女を捕らえた時と同じく、この件を公のものにするのは早すぎると考えてのことだ。

珠蘭は文を取り出し、伯花妃に見せた。

「これはその宮女が持っていたものです。おそらく伯花妃が書いたものではないかと」

「なぜ、我が書いたと判断した？」

「以前いただいた文の筆跡と同じだからです」

伯花妃は扇で口元を隠した。仮面から見える瞳はこちらを睨めつけているように見える。

「おぬしの記憶力が良いのは理解しているが、たかが筆跡では証明とはならぬ。似たような字を書く者ならば翡翠宮にもたくさんいる」

伯花妃のまなざしに宿るのは怒りだ。それを感じ取り、嫌な汗が額に浮かぶ。

あの筆跡は伯花妃のものと同じだったと判断した。そう思った。だが、伯花妃が語るように似た字を書く者がいたのならどうなる。

それに、言いようのない違和感が残り続けていることも、珠蘭が自信を欠く理由の一つだった。もしも噂を流したのが伯花妃だとするならば、なぜ珠蘭に語ったのだろう。

焦りから珠蘭は瞳を伏せた。良き術はないのかと、思考を巡らせる。

そこで浮かんだのは、なぜか劉帆の姿だった。海神の牢《ろう》にて彼が言っていたこと。

『僕は君も稀色の瞳も信じている』

言葉、声、彼の優しいまなざしも記憶に焼き付いている。彼は珠蘭を信じ、珠蘭も劉帆に励まされ、その結果として脱出への道を切り開くことができた。

（信じよう。稀色の瞳を——そして伯花妃を）

珠蘭は瞳を上げた。そしてもう一度、伯花妃を見つめる。

「一つ、お話をさせてください」

この言葉に返答はなかったが、珠蘭は続ける。

「伯花妃にお話ししていなかったことがあります。私がここにいる理由です」

「……ほう？」

「私はこの記憶力が故に、兄様に依頼されて後宮にきました。表向きは李史明《りしめい》の遠縁となっていますが、本当は異なります。私の兄とは瑠璃宮の宦官、董海真です」

これを明かして良いのかと驚いているのだろう、興翼が慌てた様子で珠蘭を見た。だが珠蘭は考えを持って、この話をしている。

（伯花妃は私を信じて、噂のことを先に教えてくれたのだと思う。だから私も、伯花妃を信じたい）

稀色の瞳と自分の判断を信じる。それが珠蘭の出した答えだった。

「私が瑪瑙《めのう》宮の宮女となったのは、後宮をより良い場所にするため、宮女の視点でしか得られない情報を兄様に送るよう依頼されたからです」

「つまり、おぬしは瑠璃宮の密偵であると」

「私がこのような理由で後宮にいることを沈花妃には伝えていますが、ほとんどの者は知らないことです。だから、密偵だと判断されても仕方のないことでしょう」

そう告げるなり伯花妃は俯《うつむ》いた。何やら考えているようにも見える。

「おぬしが密偵と聞いても驚きはない。だがなぜ瑪瑙宮に？　それは瑠璃宮が沈花妃を優遇していると考えてよいのか」

「それは違います。私を送りこむ隙があったのが瑪瑙宮だったのではないかと思います」

正直に明かすと言っても、海真が不死帝であることや、海真と沈花妃の関係については告げることができない。珠蘭も慎重に言葉を選ぶ。

「当時は珊瑚《さんご》宮女殺人事件がありましたから、渦中の珊瑚宮や翡翠宮に送りこむことはできなかった」

「ふむ。隙があったのが瑪瑙宮というのは合点《がてん》がいく。おぬしは知らぬかもしれないが、琥珀《こはく》宮と真珠宮の花妃は独特の娘たちだからな――だが、気になることがある」

そこで言葉を止め、伯花妃は扇を閉じた。珠蘭をまっすぐに見据える。そのまなざしに鋭さは感じられなかった。

「……おぬしは、兄のために動いているのだろう？　故郷を捨てて宮女となったのも兄のため。それを重荷とは感じないのか？」

これは、伯花妃としてではなく、一人の人間としての問いかけのようだと感じた。悪意でも好意でもない。純粋なる好奇心。伯花妃は珠蘭を見つめているが、珠蘭を通じて別のものを見ているようにも感じた。

だから珠蘭も、真摯に答える。瞳を閉じて、自分自身の感情と向き合う。

「重くないと言えば、嘘《うそ》になります。でも兄様のおかげで後宮にてたくさんの人と出会うことができました。だから感謝もしています」

海真に呼ばれて、後宮にきた時のことを思い返す。様々な出会いや事件があった。時には恐ろしい目にもあったが、良きことも必ずあった。

瞳を開き、珠蘭は微笑《ほほえ》む。

「今はここにいることが、私のやりたいことです。瑠璃宮の密偵としてではなく、董珠蘭として、後宮をより良い場所にしたいと考えています。だから——伯花妃が瑪瑙宮に密偵を送っていたのなら、その理由が知りたいです」

言い終えても、室内は静かだった。伯花妃だけでなく興翼も息を呑《の》んでいる。二人の視線が珠蘭に集まっていた。

やがて、伯花妃が動いた。

「……おぬしたちが捕らえた宮女は、我が送った者だと認めよう」

落ち着いた声音だった。伯花妃は珠蘭を見つめ、微笑んでいる。

「不思議だな。認める気はなかったが、おぬしの話で気持ちが変わった」

「ではやはり、あの文を書いたのは伯花妃ですね」

「そうだ。あの娘にはつらい仕事を与えてしまったからな、激励のつもりで文を出した。全ての文を燃やせと命じていたが、残していたということは心の支えにでもしていたのかもしれぬな」

宮女は最後まで口を割らなかった。それは伯花妃への忠誠だろう。

「あの娘はどうしている」

「捕らえていますが、怪我《けが》はしていません。大事《おおごと》にしたくないので他の者たちには知られないようにしています」

「助かる。では、これから話す内容と引き換えに、あの娘を許してやってほしい」

言い終えるなり、伯花妃の表情から笑みが消えた。

空気が一転したのを感じ取り、珠蘭の身が自然と強張《こわば》る。

「密偵を送りこんだのは確かだが、背の傷について触れ回ったのは我ではない。そのような噂《うわさ》があると密偵を通じて聞いたまでだ。そもそも我は沈花妃の失脚など望んでおらぬ」

これに興翼が眉を顰《ひそ》めた。

「じゃあなんだ。別のやつが噂を流したって言いたいのか」

「おそらくは瑪瑙宮に密偵を送りこんだのは、我だけではない」

「そんなの信じられるかよ」

「信じる信じないはおぬしたちの自由だ」

伯花妃は、投げやりのように冷たく言い放っている。だが珠蘭は、伯花妃の言葉がすんなりと胸に落ちるのを感じていた。違和感の正体がわかった気がする。

「私は信じます」

「おい、珠蘭。いいのかよ」

「伯花妃は、背の傷についての噂があると私に教えてくれました。それは私に忠告するだけでなく、噂の真相と、その拡散力を確かめようとしていたのだと思います」

珠蘭は伯花妃を見つめて、しっかりと頷《うなず》く。

「教えてくださって、ありがとうございます」

「礼はよい。おぬしも、我を信じて秘密を明かしたのだろう。その誠意に答えたまでだ」

伯花妃は再び微笑みを浮かべていた。

そうなれば、調査はふりだしに戻る。瑪瑙宮の宮女をもう一度調べなければならない。

(でも、どうすれば他の密偵を見つけられるだろう)

伯花妃と話して気持ちが晴れたような気がするも、事態は進まぬまま。翡翠《ひすい》宮から去る珠蘭の足取りは重く、心には不安が巣くっていた。

その夜。海真と興翼が去った後、珠蘭は沈花妃に呼ばれた。

沈花妃は体調を崩し、寝台に横になっていた。食も喉を通らず薬湯のみを口にしたと聞いている。顔色は青白い。

「……呼び出して、ごめんなさいね」

上半身を起こして、沈花妃が言う。

「海真から聞いたわ。わたくしの背にある傷について、後宮で噂になっていたのね」

珠蘭はゆっくりと頷いた。海真はそのことも話していたのだ。

「瑪瑙宮の者たちも知っていたけれど、皆してわたくしのために黙っていたのだということ。そして、あなたが瑪瑙宮にいるだろう密偵を捜していることも聞いたわ。だから、あなたの優しさに、お礼を伝えたかったの」

「お礼なんてとんでもありません。此度《こたび》見つけた密偵は、噂を流した者とは異なります。だからまだ、私の仕事は終わっていません」

「ありがとう。いつもあなたに感謝しているわ。密偵のこともあなたに任せるし、瀘州の暴動についても全て瑠璃宮にお任せすると伝えているの」

沈花妃がふわりと微笑んだが、弱っている姿のため、無理に笑顔を作っているようにも見えてしまう。

沈花妃にとって、背の傷は知られたくないものの一つだろう。不死帝の渡りを拒否していた理由の一つがこれだった。噂として広まっていることは、沈花妃の心を傷つけているだろう。

「それで今日ここに呼んだもう一つの理由は……珠蘭に話したいことがあるからなの」

「何でしょう」

「不死帝をお迎えした時、わたくしとあなたは入れ替わったでしょう？　その時に何があったのかを教えてほしいの」

これについては、不死帝を迎えた後、沈花妃にも報告している。とはいえ、劉帆が来たとは明かせないため、事前に考えていた嘘を伝えている。

「以前もお話しした通り、不死帝は何もしませんでした。喋《しゃべ》ることも眠ることもせず、こちらに興味を持つこともありませんでした」

「……そう、よね」

今、改めて聞くということは、沈花妃にとって気になるものがあるのだろう。珠蘭が待っていると、沈花妃は立ち上がり、匣《はこ》から文を取り出した。それを珠蘭に渡す。

「これは、不死帝からわたくし宛の文よ。先ほど海真から受け取ったの」

早速、目を通す。筆跡は兄のものではないため、史明か劉帆が書いたのかもしれない。

内容は、沈花妃と珠蘭の入れ替わりに気づき、それを許していること。不死帝が二度も渡ったことで沈花妃の周辺を変えてしまったことへの詫《わ》びである。沈花妃が招華祭に出席しやすくなるよう考え、この文を用意したのだろう。

珠蘭としてはこの内容に違和感はなかった。不死帝の正体を知っているがためだ。だが、それらを知らない沈花妃にとっては印象が変わる。

「わたくしは……不死帝が恐ろしい、不気味な存在だと思っていたの」

沈花妃はそう語り、俯く。

「不死帝は冷酷で、血の通わぬ存在だと思っていた――けれど違ったわ。本当に冷酷な方ならば、入れ替わりをしたわたくしたちを許すはずがない。この文は、入れ替わりという負い目があることから招華祭に出たくないわたくしのために、不死帝が用意したものでしょう。だから本当は、不死帝は優しい方ではないのかと……思うの」

沈花妃はそこで顔をあげた。

「珠蘭。わたくし、おかしくなってしまったのかもしれないわ」

「ど、どういう意味でしょう」

突然、沈花妃がそう言ったため、珠蘭は面食らった。

「気になるの。どんな方なのか、会ってみたくなる。入れ替わらなければよかったと後悔だってしている」

沈花妃は自らの胸元をぎゅっと握りしめた。わずかだが、表情は紅をさしたようにも見える。

「わたくしは海真が好きよ。その気持ちは変わらない。だけど……これほどの優しさを持つ不死帝に会ってみたい」

「……沈花妃」

「あなたに話すなんておかしなことだとわかっているわ。でも、話せるのがあなたしかいなかったの」

どう言葉をかければよいのか、悩んでしまう。答えは簡単に見つかってくれそうにない。今の不死帝は海真であると告げることができたのなら、どれほど楽になるだろうか。それができないため、海真と沈花妃の間が少しずつ捻《ねじ》れていく。

「わたくしは、不死帝に会ってみたい」

沈花妃はもう一度、掠《かす》れた声で呟《つぶや》いた。

恋愛ではなく、人としての興味として、沈花妃は不死帝のことを気にかけている。その仮面の下が誰であるかを知らず。

第三章　美しい傷痕

「どんよりとしているねえ」

翡翠宮《ひすいきゅう》に行った翌日のことである。珠蘭《しゅらん》の顔を覗《のぞ》きこむなり、劉帆《りゅうほ》が言った。

珠蘭は瑠璃《るり》宮に来ていた。そこで劉帆と興翼《こうよく》に会ったのである。

「昨日の話は聞いたよ。筆跡から割り出すとはさすが稀色《まれいろ》の瞳といったところか」

「でもふりだしに戻りました」

昨日までのことは海真《かいしん》から話を聞いているらしい。その海真はというと今日は姿が見えなかった。

「ところで兄様は？」

「海真なら今頃は不死帝《ふしてい》のお時間だね。濾州《ろしゅう》の暴動について話しているはずだよ。そばには史明《しめい》がついているから心配はいらない」

「濾州の暴動……これはまだ公表されていないんですね……」

「民をいたずらに不安にさせる必要はない。霞正城《かしょうじょう》は箝口令《かんこうれい》を敷いているよ」

瀘州における暴動の鎮圧に向けて、霞正城は軍を動かすと決めた。そのため、不死帝に扮《ふん》した海真は忙しくなるのだろう。招華祭《しょうかさい》を控えた宦官《かんがん》としての仕事もある。忙しくしている海真を案じ、珠蘭の表情はさらに曇った。

「海真も瑪瑙《めのう》宮の問題を気にしていたよ。瀘州で暴動が発生していると広まれば、沈花《しんファ》妃《フェイ》の立場はより悪くなる。こうなると傷の噂も効いてくるね」

「傷の噂によって影響が出るのでしょうか？」

「沈家は、背に傷がついているにもかかわらず入宮させたと見なされる。僕もたかが傷だと思うけれど、人によっては見方が変わる。不死帝の後宮に相応《ふさわ》しくないと考える者がでるかもしれない」

やはり、早くに瑪瑙宮の問題を解決しなければならない。劉帆の話を聞いて気持ちが固まるも、良い術《すべ》はいまだに浮かばなかった。これがもどかしく、珠蘭はため息をつく。

「落ちこんでる間はねえだろ」

そんな珠蘭に声をかけたのは興翼だった。いつもの通り不機嫌なまま上の空と思いきや、しっかりとこちらの様子を見ていたらしい。

「俺も考えるから、ため息ばかりつくな。あんたが辛気くさい顔してるとこっちまで気持ちが沈む」

「……はい」

「ああ、もう。めんどくせえ。こんな風になるなら瑪瑙宮の宮女を全員集めて話をすればいいってのによ。ちまちまねちねち陰湿なことばかり、だから後宮って嫌なんだ」

興翼は苛立《いらだ》たしげに吐き捨てた後、椅子に深くもたれかかる。興翼はそれ以上を語らなかったが、珠蘭はじっと彼の様子を眺めていた。

「……もしかして、励まそうとしていました？」

「ああ？　なんだよ、つっかかってくんな」

「いえ。励まそうとしていたけれど、諦めたのかなと」

「うるせえ」

問うも、興翼は顔を背けてしまった。やはり興翼なりに、落ちこむ珠蘭を励まそうとしていたのだろう。うまく行かず、後宮についてぼやいたところで終わってしまったが。

不器用な興翼の様子が面白く、珠蘭の口元からは笑みがこぼれていた。

「……珠蘭」

劉帆が呟く。何かを言いたそうにし、けれど苦い顔をして言葉を呑《の》みこんでいる。手は固く握りしめられていた。

その時、扉が叩《たた》かれた。音の回数からしてこの場によく集まる者、ここにいない海真か史明だろう。劉帆が扉を開ける。

現れたのは史明だった。室内を見回した後、視線は劉帆で止まる。

「劉帆。ここにいましたか。宿《しゅく》花妃がお呼びですよ。早急に来てほしいとか」

「……わかった」

返事をする劉帆の表情から、珠蘭と話していた時の明るさは霧散していた。

(劉帆はまた真珠《しんじゅ》宮に行ってしまう)

瑠璃宮で会えても、すぐに劉帆は去っていく。珠蘭の脳裏には、冠緑苑《かんりょくえん》であった宿花妃の姿が浮かんでいた。

宿花妃は美しい。その隣に、これまた美しい顔をした劉帆が並ぶと一枚の画《え》のようである。賞賛する心とは裏腹に、複雑な感情が湧いていた。その衝動に急《せ》かされるようにし、部屋を出て行こうとする劉帆に声をかける。

「もう行ってしまうんですか?」

劉帆は歩みを止めた。だが振り返ることなく、答える。

「あまり力になれず、ごめん」

その背は疲れているようにも見える。珠蘭の知らない何かを、劉帆は背負っているのだろうか。

劉帆はそれ以上を語らず、部屋を出て行った。史明も劉帆を呼びにきただけのようで、部屋に入らず去っていく。

(今日も、あまり話せなかった)

劉帆が真珠宮に通い始めてから、話す時間は減っている。顔を合わせてもすぐに宿花妃に呼び出されてしまう。

珠蘭はぎゅっと唇を噛《か》んだ。

(劉帆が真珠宮に通うのには理由があると思う。わかっているけれど……寂しい)

寂寥《せきりょう》だ。劉帆が真珠宮に行くたび、胸のうちは寂しさでいっぱいになる。できることならもう少しだけ、共に話していたかった。

「……おい」

俯《うつむ》く珠蘭を見かねて興翼が声をかけた。呆《あき》れたような声音である。

「いつまでうじうじしてんだ。さっさと出掛けるぞ」

「出掛けるとは、瑪瑙宮ですか？」

「外廷の書院」

なぜ興翼が書院に行こうとするのかわからず、珠蘭は首を傾《かし》げた。

「ここにいたって良い案は浮かばないだろ。場所を変えるぞ」

「別に書院でなくとも良いと思いますが……」

「後宮にいたって暗い気持ちになるだけだろ。あんた、何度も書院に行ってるんだろ？許可もらいに行くぞ」

確かに珠蘭は、何度も書院に行ったことがある。海真や劉帆が動いてくれたため許可も得やすくなっている。

(確かに、後宮にいない方が気分は晴れるかもしれない)

考えてみれば最近は書院に行っていなかった。久しぶりに行ってみたい気もする。

幸いなことに今日は時間がたくさんあった。沈花妃にも瑠璃宮に行く旨を話してある。

「わかりました。では、許可をもらいに行きましょう」


許可は簡単に得ることができ、二人は書院に向かった。

書院は寒いためか閑散としている。興翼もここまで寒いとは知らなかったようで、立ち入るなり「室内なのに吐く息が白い」とぼやくほどだ。

「興翼はここに来たことがなかったんですね」

「まあな」

短く答え、興翼はあたりを見回している。彼にしては珍しく、興味を持っているようだ。

(そういえば、冠緑苑に来た時もこんな風にきょろきょろと見回していた)

興翼が冠緑苑に来た時も、落ち着かない様子であちこちを眺めていた。人に興味を持つよりも、場所や物に興味があるのかもしれない。

「あんた、よくここに来ていたんだろ。何を調べていたんだ?」

「読めない文字があったので、それを読みたくて……ですが、その文字に関する書は見つけられていません」

「ふうん。ま、よくわからねえけど頑張れよ」

問いかけてきたかと思えば、さほど興味がないかのように話を打ち切られた。さらに珠蘭を置いて、すたすたと歩いていく。

「興翼？」

「別行動でいいだろ。俺も見てみたいものがあるんだ」

「わかりましたが……寒いので長くはいませんよ」

「はいはい。じゃ、終わったら戻ってくるから」

遠ざかっていく背に不機嫌なものは感じられない。このように意欲的な姿を見るのは珍しいことだった。

（書院にと誘ったぐらいだから、興翼は書が好きなのかもしれない）

そう結論付けて、珠蘭は書架に視線をやる。気分転換として来たが、せっかくなので海神の牢《ろう》で見つけた文字を探そうと考えていた。

（これほど探しても見つからないとなれば昔の……もしくは島統一前の言葉？）

文字の形は独特である。今の霞で使われているものとは異なる。書院には霞島の統一前の歴史をまとめたものや、過去にいた民族についての書もある。

そうして探していた時、珠蘭の後ろで物音がした。

「興翼、戻ってき――」

興翼だろうと振り返った珠蘭の瞳は丸くなった。そこにいたのは興翼とは異なり、白鬚《しらひげ》の目立つ人物。彼とは瑠璃宮の前で会ったことがある。その名を思い出し、珠蘭は息を呑《の》んだ。

（六賢《ろくけん》の一人、郭宝凱《かくほうがい》だ）

郭宝凱は珠蘭よりも背が高く、俯き気味にこちらを見つめている。大きな体格から放たれる威圧感に、険しい顔つき。怒っているようにも見える。

珠蘭が何も言えずにいると、郭宝凱の指が動き、書を示した。

「調べ物か？」

嗄《か》れた声の問いかけに、怒気は感じられない。珠蘭は戸惑いながらも頷《うなず》く。

「読めない文字があったので、探しています」

「ほう。どのような文字だ」

「え……っと……このような文字を……」

まさか郭宝凱に問われるとは思わず、これまた驚いた。珠蘭は文字を書き写した紙を見せる。

郭宝凱はしばしそれを眺めていた。老いた瞳は細められ、紙を凝視している。

「『国を尊ぶ』『傷女《きずめ》はいらぬ』『国に捧《ささ》げよ』……という言葉だな」

郭宝凱の唇がそう紡ぎ、珠蘭は知らず知らず瞳を見開いていた。

心音が急いている。海神の牢で見たものは記憶に焼き付き、だからこそ不安が募っていく。これは別の国の言葉ではないか。その推測に至ると同時に郭宝凱が言った。

「これらは斗尭《とぎょう》国で使われている文字だ。霞の言葉のように丸みを帯びたものではなく、横や縦の直線が多く使われる」

「斗尭……海を越えて東にある国の？」

「この文字ならば、ここにある書を見たところで見つかることはない。我が国の言葉ではないのだからな」

「確かに傷女という言葉に馴染《なじ》みはありません。他の国の言葉と聞けば納得できます」

「あまり良い言葉ではない。人身売買で使う言葉と聞くからな。売る価値がない娘に使われる侮辱の言葉だ」

海神の牢に刻まれていた文字は、霞ではない、遠い国の言葉。

(どういうこと……なぜ海神の牢に他国の言葉が)

恐ろしくなり、手が震える。故郷のことが信じられなくなっていく。

「これをどこで見たのかは問わぬが……忠告しよう」

郭宝凱は白鬚を撫《な》でていた手を止めた。射貫《いぬ》くように鋭く珠蘭を睨《ね》めつけている。

「六賢そして不死帝やその周辺に、これ以上関わってはならない。深入りすれば消されるだろう」

威圧的な態度に、身動きが取れなくなる。その上で忠告というよりも脅しに近い言葉をぶつけられたのだ。珠蘭は何も答えられず、立っているだけで精一杯だった。

（私は……知ってはいけないものに触れようとしている？）

珠蘭が後宮にきた理由は海真が連れてきたためだ。そうして無理やりに関わらせたくせに、今になって深入りするなと忠告をしている。手のひらを返すようなこの動きは、珠蘭が触れてはいけないものに近づいているためのように思えてしまう。

そして珠蘭は郭宝凱という人間に対しても疑念を抱いていた。

（郭宝凱も于程業《うていぎょう》も六賢で苑月《えんげつ》派。劉帆に好意的な人たちのはず。だけど私に対する態度は異なる気がする。私は郭宝凱に嫌われているのだろうか）

考えても答えは出ない。郭宝凱はこれ以上を語ろうとせず、去っていく。

まもなくして興翼も戻ってきたが、珠蘭の動揺は消えないままだった。

＊＊＊

再び瑪瑙《めのう》宮の宮女に話を聞いたり、疑わしい宮女たちの様子を調べたりするも、調査が進展することはなかった。時間のみが過ぎていく。

招華祭まで数日と迫ったその日。朝から寒さは厳しく、雪が降っていた。

「……今日は雪が降っていますね」

珠蘭は沈花妃の居室にいた。あれからというもの、沈花妃は落ちこんでいる。招華祭に向けての懸念は無くなったが、瀘州の暴動や傷の噂《うわさ》があり、不死帝のことも気にしている。その心には様々な問題が巣くっていた。

「招華祭は冠緑苑で行われるのよね」

「そうです。先日、招華祭の召し物も仕上がったと宮女が話していました。あと数日後ですから、皆して浮き足立っていますね」

沈花妃は庭に視線をやったまま、こちらを向くこともしない。曇天からちらちらと降る雪をぼんやりと眺めている。

「……不死帝もいらっしゃる。会えるのね」

その気鬱な心には不死帝の存在が引っかかっているのだろう。沈花妃はあれから不死帝のことばかり気にしている。海真が忙しく、ここに来られないことも原因かもしれない。

(沈花妃があまり不死帝に興味を持ってしまったら、面倒なことになるのでは)

不死帝を演じる海真にとって、最も接触を避けたいのが沈花妃だろう。互いに想《おも》い合っているからこそ、正体に気づきやすい。沈花妃が興味を持ちすぎないように誘導したいところだ。

珠蘭も一度庭を見る。それから沈花妃に提案をした。

「冠緑苑に雪見に行きましょうか。ここで考えごとばかりしていてもよくありません」

この提案に沈花妃は頷いた。瑪瑙宮にいることにも飽いていたのかもしれなかった。

支度を終えると早速冠緑苑に向かう。雪はまだちらちらと降っていて、風の冷たさは肌に刺さるかのようだ。

雪が積もる冠緑苑にて、雪に触れたり、雪を被《かぶ》った植物を指さして話したりと、沈花妃は楽しそうにしている。他の宮女たちも沈花妃のそばについていた。

(今頃、劉帆は何をしているのだろう)

瑠璃宮で会ったのを最後に劉帆の姿を見ていない。宿花妃に呼ばれるたび疲れた顔をしていたことが思い出される。この寒さだ、体調を崩していないかと心配になる。

「珠蘭、考えごと?」

白雪を眺めながら劉帆のことを思い返していると沈花妃に声をかけられた。どう答えようかと迷っているうちに沈花妃が続ける。

「それにしても最近、劉帆の姿を見ていないわ」

「忙しくしているようです」

「なんだか寂しいわ。あなた、いつも劉帆と行動していたでしょう? でも最近は劉帆よりも興翼に会うことが多いもの」

「そうですね。最近は興翼と会うことの方が多いかもしれません」

切なげな顔をして答えることしかできなかった。忘れていた寂しさがこみ上げ、ずきりと胸が痛む。

その表情を、沈花妃はじっと見つめていた。積もった雪が音を吸いこみ、静かな冠緑苑で問う。

「……劉帆は、たぶん、あなたのことが気に入っているのだと思うの」

「稀色の瞳のおかげですかね」

気に入られていることは珠蘭も自覚している。しかし、それは珠蘭が特異的な記憶力を持つが故だと思っていた。そのために「稀色の瞳のおかげ」と答えたのだが、沈花妃は「違うわ」とくすくす笑っていた。

「瞳は雄弁よ。あなたのように記憶力が良《い》いこともあれば、感情が透けることもある。劉帆はね、珠蘭を見る時だけ瞳の色が変わるのよ」

「……普段と変わらないような気がしますが」

「珠蘭にはそう見えているのかもしれないわね。でもわたくしは違うと思うの。だから、こうして劉帆が来ないことが珍しいと思えてしまう」

沈花妃は空を見上げた。空は重たい鈍色《にびいろ》で覆われ、雪を降らせ続ける。小粒でさらさらとした雪だが、止めどなく降ってくる。この雪は解けず、冠緑苑にさらに積もるのだろう。

「珠蘭が来る前の劉帆はね、いつも寂しそうな目をしていたの。海真やわたくしと楽しそうに言葉を交わすけれど、どれも虚《うつ》ろで心が入っていない。だからあの人は、寂しい人なのだと思っていたわ。からかったりはするけれど、人に深入りはしない。史明や海真と共にいても、彼だけは別のように浮いている。そんな風にわたくしは見ていた」

沈花妃が語る劉帆の姿はなかなか想像がつかなかった。劉帆の出生に重たいものがあるのは知っているが、珠蘭と共にいる時に寂しそうな表情を見せることは少ない。

「でも変わった。珠蘭に会う時、劉帆は本当に楽しそうにしている。わたくしと海真が話していると、あなたたちは気を遣って出て行くけれど、それは言い訳なのよ。きっと劉帆はあなたと話したいの」

「……そう、でしょうか」

「ええ、わたくしはそう思っているわ。そして今の珠蘭が、あの時の劉帆と同じように寂しそうな目をしているとも思っている。だから珠蘭、あなたは劉帆のことを――」

問いかけはそれ以上語られることがなかった。沈花妃は冠緑苑の向こうに気づき、その一点を見つめている。多くの宮女たちを引き連れ、その集団はこちらに向かってくる。

おそらく花妃だろう。雪景色に目立つ青銀狼《せいぎんろう》の毛皮を纏《まと》った者の隣には数名の宦官《かんがん》がいる。その中に劉帆の姿もあった。

「あれは宿花妃かしら」

「そうですね。宿花妃ですね。隣にいるのは劉帆かと」

「……劉帆は宿花妃に懐かれているのね」

宿花妃は劉帆の腕に抱きつき、それどころか寄りかかっているようにも見える。宿花妃の隣には劉帆だけでなく、他の宦官もいるようだった。宿花妃は彼にも馴《な》れ馴れしく触れている。

（雪の上だから滑らないように歩くのは大変だと思うけど……あのようにしていたら歩きにくいだろうに）

特に珠蘭たちが見えてからは、劉帆と宿花妃の距離が近くなったように思える。それほど距離が近くにいることをこちらに主張したいのかもしれなかった。

宿花妃といえば、珠蘭のことを快く思っていない言動があった。あまり顔を合わせたくないが、こちらに向かってくる以上去ることはできない。沈花妃と共に礼をして待つ。

「沈花妃、お久しぶりですね。あなたも雪見にきていたとは偶然ね」

こちらにやってきた宿花妃が言った。花妃の序列では、沈花妃が下位になる。

ここで他の者に会うと思ってもいなかったため、沈花妃は仮面をつけていない。だが宿花妃は仮面をつけていた。以前つけてきたものと同じく、宝飾で煌《きら》めく仮面だ。

「雪の冠緑苑も美しいと聞き、見に来た次第にございます。宿花妃もご健勝のようで何よりです」

沈花妃は、宿花妃に対し敬意を払っているのだと感じ取れた。言動もおかしなところはない。

だが、宿花妃は違った。仮面に覆われていない口元がにたりと嫌な笑みを描く。

「そうね。あなたよりも健康だと思うわ」

その言葉が発せられるなり、瑪瑙宮の宮女がざわついた。沈花妃も表情を凍らせている。

「最近は塞ぎがちで瑪瑙宮にいてばかりだったとか。不死帝に取り入るなど忙しくしていますものね。けれど、外に出て風にあたるのはよろしくないのでは？　背にある古傷が痛んでしまうかもしれませんよ」

沈花妃は絶句し、言葉を発することができない様子だった。それに対し、宿花妃はにやついている。後ろにいる真珠宮の宮女たちもひそひそと騒ぎ、沈花妃に好奇の目を向けていた。

これに、すぐ珠蘭が動いた。沈花妃を庇《かば》うように、二人の間に割りこむ。

「そのような物言いはおやめください」

「董《とう》珠蘭、あなたも来ていたのね。てっきり、後宮に流れている噂の真偽について調べているものだと思ったけれど」

「そのようなことはしていません」

「まあ！　たかが背の傷についても真偽を確かめられないなんて、まったく使えぬ瞳だこと。ああ、違うわ。もしかしたら沈花妃の背に傷があるというのは本当なのかも。あなたは瑪瑙宮の宮女だから、沈花妃を庇っているのでしょう?」

宿花妃は青銀狼の毛皮を一撫《な》でした。

「傷がある花妃なんて前代未聞。まったく美しくないわ。それが真実ならば沈花妃はここを追われるものね。だからあなたは調査をせず庇っているのでしょう?」

この発言からして宿花妃は沈花妃を嫌っているのだろう。そして珠蘭にも、敵意を向けている。

(前と同じく、真偽を問えとばかり言ってくる……)

これに引っかかりを抱きながらも、逃げ道を探すように宿花妃の隣を見る。そこには劉帆が控えていたが、虚ろな様子でこちらを見つめるのみだった。

(劉帆は何も言わない……言えないのかもしれない)

劉帆が助け船を出すことはない。そう感じて、珠蘭はもう一度宿花妃を見つめる。宿花妃は変わらず、不気味な笑みを浮かべていた。

「そういえば、瀘州寒遼《かんりょう》で暴動が発生しているとか。瀘州刺史《しし》といえば沈花妃のお父様でしたわね」

「っ、それは……」

「たかが瀘州一帯もまとめきれないなんて、なんて無能なのかしら。でも傷持ちの娘を後宮に送り出すほどですものね！　あなただって、濾州がそのような事態になっているのに呑気《のんき》に雪見をしている。厚顔無恥な親子だこと」

珠蘭は咄嗟《とっさ》に振り返り、沈花妃の様子を確かめた。何も言い返せず、眦《まなじり》に光るものがある。今にも泣き出しそうで、だが堪《こら》えているのだろう。

「……沈花妃。お体が冷えますので戻りましょう」

これ以上ここにいるのは良くないと判断し、珠蘭は沈花妃に声をかける。他の宮女も同様に沈花妃のそばに寄り添った。

「それでは、失礼させていただきます」

「あら。体のことを案じてくれる優しい宮女がいてよかったわね。でも人数は少なくて、宦官だっていない。あなた、不死帝に取り入るばかりで、周りの人に慕われていないのでしょうね」

宿花妃は追い打ちをかけるかのように嫌みばかりを述べる。これ以上聞かせては沈花妃の心がさらに弱ってしまうかもしれない。珠蘭は宿花妃に背を向けた。

「沈花妃、行きましょう」

来た時と異なり、沈花妃の表情から笑みは消えている。

（このようなことになるのならば冠緑苑に来なければよかった）

後悔しながらも、振り返る。

（このような状況になっても口を挟めないほど、劉帆は宿花妃に頭が上がらない……のだろうか。そこまでして、何を調べているのだろう）

珠蘭の視界には、劉帆に腕を絡ませ撓垂《しなだ》れ掛かって歩く宿花妃の姿が映っていた。

ようやく瑪瑙《めのう》宮に戻った。沈花妃はあれ以来黙りこみ、宮女たちが心配するほどだ。雪で濡《ぬ》れた衣を着替える。体はもちろんのこと、宿花妃の物言いで心まで冷えた気がした。河江《かこう》が瑪瑙宮に残っていたこともあり、温かい茶はすぐに用意できた。

それらを持って沈花妃の居室に向かう。沈花妃が命じたのか、他の宮女たちは下がっていた。

「人払いを命じたのですか？」

「ええ。あなたと二人で話したいから、他の者たちには下がってもらったの」

沈花妃は榻《こしかけ》にもたれかかっていた。すっかり元気を無くしている。

「話とは、先ほどのことですか」

「……宿花妃に言われたことがずっと頭にあるわ。わたくしの傷のこと、宿花妃はあのように考えていたのね」

背の傷について否定的な意見が出るかもしれないとは案じていたが、宿花妃がはっきりと敵意を向けてきたのは予想外だった。

「けれど宿花妃の言う通りよ。沈家はこの傷を知っていて、わたくしを後宮に送った。責められて当然よ」

沈花妃が深くため息を吐《つ》く。

「このことを……不死帝は知っているのかしら」

「わかりません。入れ替わりについては言及がありましたが、傷については……」

「噂《うわさ》が耳に入って大事《おおごと》になるぐらいなら、わたくしから不死帝に申し上げた方が良いのかもしれないわ。傷を持った娘を後宮に送り、暴動さえも鎮めることができず禁軍に頼った、わたくしや沈家は咎《とが》められても仕方のないこと」

沈花妃なりに、宿花妃に言われたことを反芻《はんすう》しているのだろう。何も言い返せない悔しさが、涙となって沈花妃の瞳を濡らしている。

「……ところで、その傷はなぜついたのでしょう」

ふと、疑問が浮かび、珠蘭は問う。沈花妃の背についた傷は、濡れた布越しに見ているが直接見たわけではない。それに傷を負った経緯《いきさつ》も聞いていなかった。

「そうね。これほど騒ぎになっているのだから話しても良いかもしれないわ」

そう言って、沈花妃がこちらに向き直った時である。居室の扉の向こうから、声がした。

「沈花妃。瑠璃宮より、董海真と馮《ひょう》興翼が来ています」

「……兄様たちが？」

珠蘭は眉を顰《ひそ》めた。先ほどの冠緑苑での出来事は瑠璃宮に届いていないだろう。となれば偶然来たのだろうか。

「どうしましょう。傷に関する話は後ほど伺った方が良いでしょうか」

すると、沈花妃は躊躇《ちゅうちょ》なく、首を横に振った。

「いえ、もういいの。隠していたからこのようなことになった。海真にもきちんと話しておきたいわ」

これを聞き、珠蘭は扉の向こうにいる宮女に、海真と興翼を居室に通すよう伝えた。

まもなくして、二人が現れる。海真はともかく興翼はいつも通りの不機嫌そうな顔だ。

「兄様、今日はどうなさいました」

「これといった用があるわけではないよ。最近瑪瑙宮に来られなかったからね、不死帝からの文を渡した後、どうなったか気になっていたんだ」

「それよりも珠蘭。あんた、暗い顔してるぞ。何かあったのか？」

興翼の物言いはひどいものがあるが、暗い表情なのは確かである。

珠蘭は早速、先ほどの冠緑苑での出来事について語った。宿花妃と劉帆に会ったことに始まり、宿花妃からの心ない言動まで全てだ。

これを海真と興翼は黙って聞いていた。海真は次第に表情が険しくなっていく。

「なるほど。宿花妃は、そのようなことを言っていたのか」

「劉帆は何してんだよ」

興翼がぼやく。仲裁せず、黙っていた劉帆に怒っているらしい。

「あれじゃ宿花妃の犬と変わらねえよ。どうせ今日だって、抱きつかれて、腕を胸に押しつけられて喜んでいたんだろうさ」

「興翼。そういうことを言うな。俺もわからないけど、劉帆にも理由があるんだろう」

「それを言わないから、ごちゃごちゃしてんだろ。あいつ一人でこそこそしやがって」

二人の話を聞く限り、劉帆が真珠宮に通う理由は、海真も興翼も知らないようだ。どうやら劉帆が一人で動いているらしい。

海真や興翼が揃《そろ》ったところで、珠蘭はもう一度沈花妃に問う。

「では、もう一度伺います。その背にある傷ですが、一体何があったのでしょうか」

沈花妃はゆっくりと頷《うなず》いた。いつもの穏やかな顔つきは、過去を思い返しているのか険しくなる。居室に揃う者たちを見回してから悲しげに瞳を伏せて、語り始めた。

「……これはわたくしの入宮が決まった後の話です。わたくしは濾州の屋敷《やしき》にいました」

それは沈花妃になる前の、沈麗媛《れいえん》と呼ばれていた頃だろう。これは海真も知らない話らしく、黙って沈花妃を見つめていた。

「入宮前に傷がついてはならないと、わたくしは数ヶ月前から屋敷の中に閉じこもっていました。ですが、不審な者たちが屋敷を襲ったのです」

「強盗……物盗《と》りでしょうか？」

「いえ。彼らは金品の類いには目もくれず、目的はわたくしだったようです。わたくしはその者たちに攫《さら》われました。その後は屋敷を出て、別の場所に運ばれたようですが、わたくしは目隠しをされていたのでわかりませんでした」

海真の眉がぴくりと動いた。口元に手をあて何かを考えているらしい。だが、その唇が何かを紡ぐことはなかった。珠蘭も沈花妃の話を頭の中で反芻する。

（沈花妃を殺すことが目的なら、その場で殺しているはず。でもわざわざ外に連れ出している……？　彼らは沈花妃をどうしたかったのだろう）

ただ、殺すだけが目的でないことはわかった。しかし、不審な者たちの情報は乏しく、ここで考えてもわかることはない。

「わたくしが濾州から運び出される前に、町の者が不審者たちに気づいたようでした。わたくしも助けを求めましたが――」

そこで沈花妃は俯《うつむ》いた。そっと、自らの背に触れる。

「不審な者たちは、わたくしの背に傷をつけました。傷というよりも模様が正しいのかもしれません。何度も背を斬りつけられ、わたくしはその痛みで意識を失いました。その後は助けられましたが、わたくしは血の海の中に眠っていたと聞きました」

「その不審者たちはどうなりましたか？」

「わたくしを残して逃げたようです。そのため屋敷で治療した後、二度とこのような目に遭わないようにわたくしは都に遷《うつ》されました。当時を知るのは古参の宮女や家族といったごく一部の者のみです」

「……その都で、俺と会ったんですね」

海真が言うと、沈花妃はふわりと微笑《ほほえ》んだ。

「ええ、そうよ。傷を負ったことは悲しかったけれど、このために都に移動し、海真と出会えた。それはわたくしにとって嬉《うれ》しいことだった」

だが、これで納得がいった。沈家としては、娘が何者かに襲われて背に傷をつけられたと明かせず、そのまま入宮させるしかなかったのだ。

「わたくしを攫った者たちのその後はわからないの。このことを公にすれば、わたくしの背に傷があると明かしてしまうことになる。だから、泣き寝入りするしかなかった」

ここで海真が顔をあげた。

「背に刻まれた傷は模様のようだった、と話していたけれど、どのような形でしたか？」

「ほとんどは月日が経《た》つうちに消えてしまったの。けれど、深く残っているところもあるわ。話すだけではわからないでしょうし——興翼、少しだけ外してもらえるかしら」

「なんで俺だけ」

興翼は不満そうだ。突然自分だけ退室を命じられたのが面白くないのだろう。

「背の傷を見せようと思うの」

「じゃ、海真も外に行けばいいだろ」

これに沈花妃は首を横に振った。どうしても海真には残ってほしいようだ。

「海真には……いてほしいの。そのような傷があることも、ちゃんと見てほしいから」

「……はあ、わかったよ。俺だけ出てればいいんだな？」

その表情から頑《かたく》なな決意を感じ取ったのか、興翼がため息をつく。興翼は部屋を出て行く。扉の前に立つつもりなのだろう。

その姿が部屋を出てから、沈花妃は立ち上がり、衣に手をかける。珠蘭も慌てて立ち上がり、それを手伝った。海真がいることを考え、前面は隠し、背中のみを晒《さら》すようにする。

「……二本の傷」

柔らかな白肌に、浮かび上がる二本の傷痕。深く抉《えぐ》られたらしく、皮膚が盛り上がり、瘢痕《はんこん》となっている。美しい肌であるだけにその傷は生々しく目立ち、虚《むな》しさを抱かせる。

「こんな醜いものを隠していたのだもの。本当に……ごめんなさい」

沈花妃は悲しげに呟《つぶや》く。すかさず海真が言った。

「醜くなどありません」

「このような傷をつけられたのだから、わたくしのことを疎んじても良いのよ」

「できるわけがありません。この傷で沈花妃の美しさが損なわれることはありません」

海真が微笑んでいるのを、沈花妃は背中越しに感じただろうか。珠蘭は海真に構わず、もう一度傷を見る。

「模様のようだと仰《おっしゃ》っていましたが、今は直線の傷が二本あるように見えます。これは、当初はどのような傷だったのでしょうか」

「もっとひどかったのよ。この傷に交差するように横線が二つ入って、あと傷から少し離れたところにも縦の線が二つあって……」

頭の中でそれらを並べていく。模様だと沈花妃は話していたが、引っかかるものがあった。

「……沈花妃。覚えている限りで良いので、描いていただけますか？」

「わたくしも直接見たわけではなくて、手当てをしてくれた者に教えてもらったぐらいだけれど、それでも良いかしら？」

「構いません。では一度、着替えをいたしましょう。手伝います。兄様は一度部屋を出てください。着替えが終わり次第呼ぶので興翼と戻ってきてくださいね」

海真が部屋を出た後、沈花妃はするりと衣を纏《まと》う。珠蘭もそれを手伝った。

着替えが終わると海真と興翼が部屋に戻る。皆が揃ってから、沈花妃は筆を取った。

「背の傷は、もとはこのような形だったの。いくつもの直線があって……あとは、どうだったかしら。模様は二つあって、上下に並んでいたわ」

さらさらと筆が動き、紙にじわりと墨が滲《にじ》む。思い出しながら描いているため時間がかかる。背にあったために自ら見るのも難しく、その上時間が経過している。はっきりと覚えていないのも仕方のないことだろう。

だが珠蘭はじっと眺めていた。

稀色の瞳は見開かれ、筆先を追う。

(縦線に交差する横線……丸みを帯びていない……これはもしかすると、模様ではない？)

上下二つに分かれていたというそれらはどちらも同じ形ではない。模様というよりも文字に近いような気がした。

「あとは……どうだったかしら。もう少し線があったような気がするけれど」

珠蘭は瞼《まぶた》を伏せる。

思い起こすのは故郷の海。鼓膜を揺らすのは波の音。

(思い出せ……この形をどこかで見ているかもしれない)

記憶の海からめぼしいものを拾い上げる。

そして浮かぶのは、海神の牢《ろう》に閉じ込められた時のこと。

(……海神の牢で見た、斗堯国の文字に似ている)

霞で使われる文字と異なり、斗堯国では横や縦の直線を重ねて一つの文字を作るのだと郭宝凱に教えてもらった。

「もしかすると、この線とこの線の間に、縦に線が入っていたのでは？」

瞳を開いた珠蘭は、紙の上を指でなぞる。

「あ……珠蘭の言う通りだわ。ここにも線があった」

「そして、こちらにも横線が二本」

「そうね。ええ、そうよ。確かにこんな形。すごいわ。どうしてわかるのかしら」

一度は止まっていた筆が、珠蘭の助言で再び動き出す。

筆は躊躇なく動き、そして文字が完成した。

「できた。この形で間違いないわ」

沈花妃が認める。背に刻まれていたのはこの文字で間違いない。

（となれば……沈花妃の背にあった傷というのは斗堯国の文字。そして意味は――）

その答えを想像していた時である。

「『傷女《きずめ》』」

その呟きは隣から聞こえた。咄嗟《とっさ》に振り返る。

海真は驚きに目を丸くし、口元を手で押さえている。だが間違いなく、海真の声だった。

このひとり言は沈花妃には聞こえなかったらしい。聞き取ることができたのは海真の隣にいる珠蘭と興翼ぐらいだろう。

「ひでえことしやがる」

「……そうだね」

興翼と海真は何事もなかったかのように沈花妃と話している。だが珠蘭だけは動揺して語ることができなかった。耳に、海真の声はしっかりと残っている。

(これが斗堯国の文字だとするなら……なぜ兄様は読めたのだろう)

今にして思えば、海神の牢で見つけた文字を調べていた時、兄が言っていた。

(『あの場所で見たものは忘れた方がいい。深入りしてはいけないよ』と兄様は忠告していた。兄様は、この文字がなぜ故郷にあったのかを知っているに違いない)

疑念は膨らんでいく。

望州に行くと決まった時も、海真は頑なに反対していた。海神の牢に閉じ込められたことなどはあったが、故郷を出ることが珠蘭を守るためになると語っていた理由も、はっきりとはわかっていない。

(私は知りたい。兄様は何を知っているのか)

「おい、話を聞いてんのか」

考えごとに耽《ふけ》っていた珠蘭は、興翼に声をかけられて我に返った。

「話ならとっくに終わったぞ」

「あ……すみません」

「なんか気になることがあるなら言えよ。相談に乗ってやる」

「乗ってやる……と言われると頼みづらいですね」

「うるせえ。いちいち細かなところを突くな」

海真や興翼と共に、珠蘭も居室を出て行く。興翼はずっと珠蘭を気にしているようだった。隣から離れず、ちらちらとこちらの様子を窺《うかが》っている。

「俺たちは瑠璃宮に戻るけど、あんたはどうすんだ」

「そうですね……私は……」

海真と興翼が瑠璃宮に戻ってしまう。だが、珠蘭はどうしても海真のことが気になっていた。

「……少々、兄様と話しても良いでしょうか」

「わかったよ――海真！　珠蘭が呼んでるぞ」

興翼が呼ぶと海真は振り返り、こちらを見やる。

「いや、俺は瑠璃宮に戻るよ」

その反応を見るに、海真としてはあまり珠蘭と話したくないようだった。珠蘭の強張《こわば》った表情から、珠蘭が抱く疑念に気づいている。だから遠ざけようとしているのだろう。

だが興翼は海真に近づくと、その腕をぐいと掴《つか》んで引き止めた。

「逃げずに話してこいよ。珠蘭が呼んでる」

「……随分と珠蘭の肩を持つね」

興翼、そして珠蘭の注目が海真に集まる。

海真は逃げられないと悟ったのか、諦めたように息を吐いた。

「わかったよ。少し話そう」


珠蘭たちは瑪瑙《めのう》宮から離れた。海真は何も語らず、振り返ることもなく歩いていく。

行き先は無人の黒《くろ》宮。ここはもう使われていない。人がいなくなったからか、手入れはされず、黒塗りの柱も汚れてきたように見える。

そこで足を止め、海真がようやくこちらを向いた。

「……話したいことって、何かな」

「先ほどの、沈花妃の背にあったという傷についてです」

無意識のうちに、珠蘭の声は険しいものになっていた。海真への疑念が声に表れている。

「沈花妃の背に刻まれたのは文字。それを、兄様は読めたのですね」

「勘違いだろう。俺はあれが文字であることを知らなかった」

「いえ。兄様は知っていたのだと思います。だから『傷女』と読み上げた。これは斗堯国で使われる独自の言葉です。兄様は斗堯国の言葉を知っているのですね」

海真は眉間に皺《しわ》を寄せ、珠蘭を睨《にら》んだ。

「……この文字を、珠蘭はどこで知った？」

「海神の牢で見た文字です。読み方は最近まで知りませんでしたが、先日郭宝凱殿に教えていただきました」

「郭宝凱か……それで、珠蘭はこれを聞いて、どうしたいんだ」

「私は、知りたいのです」

珠蘭は負けじと見つめ返す。その瞳には、探究心が宿っていた。

「望州の故郷に行って、様々なものを見てきました。海神《かいじん》の贄姫《にえひめ》として壕《ごう》にいたままだったらきっと知ることはなかったでしょう。兄様が私を壕の外に出してくれたから、わかったものが多くあります」

海神の牢という恐ろしき存在も、珠蘭は知らなかった。あれは海神の贄姫を罰するためのものだと今ではわかる。珠蘭は模範的に閉じこもっていたため、海神の贄姫のままならば知ることがなかっただろう。

海真の表情は険しい。だが、先ほどよりも和らいだように感じる。悩んでいるのだ。

「だから……今は知りたいです。この違和感の姿を確かめたいのです。私たちの故郷は、何を隠しているのですか？」

この問いかけをした後、海真は短く息を吐いた。諦めたかのように表情は柔らかくなり、いつもの兄に戻る。

「……俺たちがいた聚落《しゅうらく》は、霞を裏切っているんだ」

声を潜めて、海真が言った。

これを聞いても衝撃はなかった。珠蘭の中で、そうかもしれないと勘付いていたためだ。

「あの聚落は霞の領土でありながら、海の向こうにある斗堯国に魂を売っていた。その一つが霞にはない海神信仰」

「ということは……かなり前から、斗堯国と関わっていたと？」

「そうだね。たぶん不死帝が島統一をする前だと思う。霞の領土であり、不死帝に忠誠を誓うふりをしながら、斗堯国と手を結んでいた」

不死帝を裏切っている。そうなれば、海神の牢で見た仮面の破片も納得がいく。

「皆が身につけていたのは仮面の破片……海神の牢で、仮面を割っていたのですね」

「珠蘭は壕に入ってしまったから知らないだろうけど、聚落の者はある年齢になると海神の牢で儀式を行う。それが仮面を割ることだ」

「では兄様も？」

「俺もその儀式をしたよ。けれどその時は、意味がわかっていなかった。聚落の皆に勧められるがままに割ったそれが、不死帝を象徴する仮面であると知ったのは、もっと後のこと。都にきて様々なものを見て、あの場所が如何《いか》におかしいかを知ったよ。それまでは聚落の世界が全てだと思っていたからね」

そうして仮面を割り、破片を身につける。不死帝を象徴する仮面を割ることは叛意《はんい》を表している。皆が揃《そろ》ってつけていたことを思い出すと、背筋がぞっと震えた。

だが恐ろしい話はそれだけに止《とど》まらなかった。

「あの聚落では、特に優秀な者や見目麗しい者がいなくなることがあった」

「あ……」

そこで珠蘭は、壕で読んだ海神の贄姫の日記を思い出した。あの日記にも『この聚落では才能のある者は海を渡るか宮城に連れて行かれる』と書いてあった。

「海の事故で死んだとか、海神様に呼ばれたとか――俺たちはそう聞かされていたけれど、あれは海を渡って遠く、斗堯国に売られたのだと思う」

「斗堯国に？」

「いつ斗堯国に売られても役に立てるように、あの聚落の子供たちは斗堯国の言葉を学んだ。中でも俺は贔屓《ひいき》され、斗堯国のことについてよく教えられていたと思う。文字を読めたのも、書をたくさん借りることができたのも、それが理由だ」

確かに海真が持ってきた書にも、斗堯国の文字はあった。だから読めないものの、見覚えがあったのだろう。

売られたというのも合点《がてん》がいく。海神の牢にあった『傷女はいらぬ』という文字もそのことを示している。人身売買で用いられる言葉があの牢に刻まれていたのだ。

「俺だってどうなっていたかわからない。科挙を受けると決心していれば、斗堯国に連れて行かれたかもしれない。漁師の道を選んでいたとしても、海の事故だと皆に伝えて、今頃は斗堯国にいたかもしれないな」

「……そうなっていたら、二度と会えなかったのですね」

「俺としてはこの現状でよかったと思っている。後宮にきて、聚落の異常性がわかったからね。そして珠蘭のことも連れ出すことができたから」

「私も斗堯国に送られていたかもしれない？」

「海神信仰が根深い斗堯国なら、海神の贄姫は喜ばれる。海神の贄姫が壕で死んだと聞いても、遺体を見ることはなかった。だから推測だけれど、珠蘭が送られていた可能性だってあった。だから……俺は珠蘭をここに連れてくることができてよかったと思っている。後宮の揉《も》め事に巻き込んでしまったことは申し訳ないけれど」

珠蘭は言葉を失っていた。もしかしたら自分も海を渡っていたのかと思うと、恐ろしくなり、声も出せなくなる。海真が語ったものは、事実だろう。海神の贄姫の日記にも『海神の贄姫である私も、いつか連れて行かれる』と書いてあった。それより先は綴《つづ》られておらず、あの海神の贄姫は海を渡ったのかもしれない。

「このことは俺の胸に秘めておくつもりだった。明かしてしまえば、俺だけでなく珠蘭の立場も危うくなる。けれど、難しいかもしれない。劉帆もあの故郷を見ている。そして斗堯国の文字を読めた郭宝凱も……」

劉帆も海神の牢《ろう》に閉じ込められている。文字は読めずとも、故郷が持つ異常性に気づいているかもしれなかった。

海真が特に懸念しているのは郭宝凱だろう。なぜ、彼も文字を読むことができたのか。

「兄様は、私には話してくれなかったのですね。もっと早く教えていただければ望州にも帰ろうとはしなかったのに」

「そうだね……でも、言えなかった」

故郷が隠すものを一人だけ知り、隠し続けてきた。その重みから解放されたかのように海真は微笑《ほほえ》んだ。

「珠蘭には望州の綺麗《きれい》な景色だけを覚えていてほしかったんだ。無理やりに後宮に連れ出したのだから、せめて過去は綺麗なままで。そう思うと言えなかった」

「兄様……」

「俺の身勝手な考えのせいで、話せなくてごめん」

だが、珠蘭は兄を責める気にはなれなかった。海真が語れなかったのは珠蘭を思ってこそ。望州に帰ろうとしなければ、珠蘭は故郷の真実を知ることはなかったのだ。

珠蘭は頭を下げる兄を宥《なだ》めるように、穏やかに声をかける。

「故郷のことは、わかりました。そして斗堯国のことも。兄様も読めたのなら、沈花妃の背に刻まれたのは斗堯国の言葉で間違いないのでしょう」

「そうだね。おそらくは、逃亡する前に沈花妃に傷をつけようとしたのだろう。もしも救出されなかったら、沈花妃は今頃斗堯国に送られていたのかもしれない」

「でも何のために……」

沈花妃を襲った者たちの目的はいまだにわからない。ここで二人して考えこんでも答えには至らないだろう。

「沈花妃はあれからどうだ？」

「不死帝からの文を受け取り、物憂げなところがあります。入れ替わりを許した不死帝のことが気になるようです」

「そうか……そうなっても仕方ないな。覚悟はして、あの文を書いた」

「不死帝が兄様であると明かすことはできないのでしょうか？」

沈花妃と海真の関係は、不死帝という存在を交ぜてこじれつつある。だからこそ兄が正体を明かすのが最善だと考えた。しかし、海真は首を横に振る。

「それはできない。たとえ相手が沈花妃だとしても……これだけは……」

「沈花妃は不死帝に会いたがっています。もしも次に瑪瑙宮に渡御するとなれば、入れ替わりではなく沈花妃が迎えることでしょう」

海真は苦しそうに表情を歪《ゆが》めていた。

「それでも俺は不死帝として接しなければならない」

その言葉を最後にし、海真は歩き始める。珠蘭から見えるのはその背だけで、どのような顔をしているのかわからない。

（兄様も……沈花妃が好きだからこそ辛《つら》いのだろう）

不死帝だと明かすことができれば楽だろうに。それができないもどかしさは珠蘭にも伝わっている。

想《おも》いは通じ合っていても結ばれることはない。ここは不死帝の後宮である。

珠蘭も海真を追いかけるように歩き出す。


夜。珠蘭は自室にいた。宮女に与えられた個室だが、瑪瑙宮は宮女の数が少ないため一人で一部屋を使っている。寝台に腰掛け、海真から聞いた話や沈花妃のことを考えていた。

（兄様が語った故郷の真実は……このまま胸に秘めておこう。けれど沈花妃の背の傷と関係があるのかもしれない）

どちらもここではない斗堯国の文字という繋《つな》がりがある。

そして気になるのは、瑪瑙宮に潜む密偵のことだ。伯《はく》花妃の密偵については判明しているが、伯花妃は背の傷についての噂《うわさ》を広めていない。となればこの噂を広めたのは別の者。まだ密偵がいるはず。

はっきりと敵意を向けているのは真珠宮を賜る宿花妃だ。珠蘭、そして沈花妃をも快く思っていないのだろう。密偵を送りこみ、悪評を広めていたとしても納得できる。

(宿花妃は、真偽を問えと私に言っていたけれど……どうしてだろう)

顔を合わせるたび、背の傷について真偽を問えと話していた。そのことが引っかかる。

(もしかすると、宿花妃は傷があることに確証を持っていない？)

宿花妃は噂を信じながらも、これが事実であるのかを確かめようとしているように思えた。だからこそ珠蘭に真偽を問えと言っていたのではないか。

今にして思えば伯花妃もそうだった。噂は聞いても実際に傷があるのかを知らない。だから珠蘭を呼んで話し、反応を確かめようとしていた。

伯花妃の密偵も、そして噂を広めた者が送りこんだ密偵も、どちらも傷を見ていないのではないか。

(もう一度……考えよう)

瞳を伏せ、思い返す。集中力を研ぎ澄まし、鮮明に思い起こすは沈花妃の背の傷。

そこで一つ、案が浮かんだ。それを行えば、瑪瑙《めのう》宮に潜む密偵を捜し出すことができるかもしれない。しかし、躊躇《ちゅうちょ》が生じる。

(これは……噂が真実であると認めることになる。沈花妃を傷つけてしまう)

ため息をつき、瞳を開いた。

視界には、いつも通りに、宮女室の壁がある――はずだった。

「お。起きていたのか」

なぜか劉帆がいて、こちらの顔を覗《のぞ》きこんでいる。珠蘭は訳もわからず数度まばたきをし、それから周囲をぐるりと見回した。宮女室であることは変わらない。劉帆がここにいることが、おかしい。

「座りながら寝ているのかと思ったが、起きていたようでよかった」

「……ここは瑪瑙宮の宮女室ですよ?」

しかも夜である。宦官《かんがん》が入ってきて良い場所、刻限ではないはずだ。

だが劉帆はからからと笑っていた。

「うむ。だからこそ忍びこんできたとも」

「で、でも劉帆は真珠宮に――」

劉帆は真珠宮に行くのではないか。そう思って言いかけるも、劉帆は微笑みを浮かべたまま、珠蘭の唇に指を押しつけた。そのため珠蘭の言葉は遮られてしまった。

「今は君に会いにきた」

唇を押さえつけていた劉帆の指は離れていく。そして、劉帆は隣に腰掛ける。

「最近は、ゆっくり君と話せなかっただろう。だから寂しがっているのではないかと思ってねえ」

「理由あって真珠宮に通っているのだと思っていましたから。大丈夫です」

「宿花妃と僕が共にいるのを君も見ていただろう。それでも大丈夫だと語れるのか？」

真珠宮に行く姿や、宿花妃と共に歩く姿。それを見ていればやはり寂しい。だが、寂《せき》寥《りょう》だけで劉帆を止めることはできないと思っていた。だから、珠蘭は頷《うなず》く。

「二人の距離は近かったように見えますが、考えがあってのことでしょう。寂しいと思ったことは事実ですが、不安は生じていません。劉帆を信じていました」

珠蘭は淡々と語っているが、内心では、ここに劉帆がいて隣に腰掛けていることをとても嬉《うれ》しく感じていた。このように心が落ち着くのは望州に行った時以来だ。

「あっさりとしているな。焦ることもなかったのか？」

「焦る？　だって劉帆は、宿花妃に抱きつかれても嬉しそうにしていませんでしたよ」

興翼は憤っていたが、珠蘭はそこまで動じていなかった。その理由は劉帆の表情にある。珠蘭が見る限り、劉帆は一つも嬉しそうにしていなかった。

これを聞き、劉帆は目を丸くしてこちらを見ていた。だが少し経《た》って、くつくつと笑い声をあげた。

「……君は凄《すご》いな。驚かされてばかりだ」

「そうでしょうか？」

「ああ、そうだとも。むしろ君と話していたら、僕の方が馬鹿らしいと思えてしまった。

嫉妬をしていたのは僕だけか」

劉帆は自分自身に呆《あき》れているかのようにため息をついているが、珠蘭は理解が追いつかず首を傾《かし》げていた。劉帆が嫉妬をしていた、という意味がわからない。

「僕は、珠蘭と興翼が仲良くしていることに、色々と悩んでしまった」

「私と興翼？」

まさかここで興翼の名が出るとは思わず、珠蘭の声が跳ね上がる。

「二人はよく共に行動していただろう。それに興翼は随分と馴《な》れ馴れしく、君に話しかけていた」

「興翼は、私以外の者に対してもあのような言動ですよ」

「初めて顔を合わせた時も、君は興翼に興味を持っていた」

「あれは理由がありまして……とにかく、興翼と特段に仲が良《い》いわけではありません」

珠蘭はそう言い返すも、劉帆は曖昧な表情をしていた。

「僕は興翼が羨ましいと思った。ああして、常に君と共に行動ができる。君が辛い気持ちになった時すぐに励ますことができる。誰かに文句を言われても、庇《かば》うことができる。だから興翼が羨ましくて仕方がなかった」

「では、劉帆も寂しいと感じていたのですか？」

「寂しいどころじゃない。だから人目を忍んで君に会いにきている」

そう言って、劉帆は珠蘭の髪をそっと撫《な》でた。劉帆の指がすくい上げた髪はさらさらと音を立てて流れ落ちていく。その動きを慈しむかのように、劉帆は柔らかに瞳を細めた。

「ずっと、望州での日々を思い出していた。閉じ込められたことは災難だったが、君がずっと隣にいた。そのことを思い返すたび、寂しさでたまらなくて、君に会いたくなった」

珠蘭も、何度も望州での日々を思い出していた。そのたびに劉帆が隣にいないことを寂しく思った。それが珠蘭だけでなく、劉帆も同じであったなんて、感覚を共有しているようで嬉しくなる。顔がにやけてしまいそうだ。

「……腑抜《ふぬ》けな顔をしているねえ」

「すみません。劉帆の話を聞いていたら、その、嬉しくなってしまって」

「こう見えても僕は悩んでいたんだ。笑わなくとも良いだろう」

劉帆は拗《す》ねたような顔をしている。珠蘭の知らないところで、たくさん考えこんでいたのだろう。

(すれ違っていたような気分だ。劉帆が興翼のことを考える必要はないのに)

だが、興翼について劉帆とゆっくりと話す時間もなかった。そのためにすれ違いが生じていたのだろう。珠蘭はそう考え、興翼のことについて語り出す。

「二人で望州に行った日に、私は興翼と会いました」

そう切り出すと、劉帆の目が驚きに見開かれた。

「劉帆が舟を調べに行った後、私は壕《ごう》の中で興翼と、興翼のお姉様に会いました」

「海神の牢《ろう》を出た後、君がもう一度行ったあの壕か」

「そうです。あの時にはもう二人ともいませんでしたが……その後で不死帝候補として興翼を紹介されました。だから興翼を呼び、二人で話していたのです」

この話が腑《ふ》に落ちたのか劉帆は「なるほど」と呟《つぶや》いている。だが、まだ表情は晴れず、顎に手を添えて俯《うつむ》き、何かを考えているようだった。

「珠蘭が……望州で興翼と会っている……」

「何か気になることがありますか?」

劉帆は顔をあげた。

「話してくれてありがとう。このことは僕も黙っておく」

「はい。本当はもっと早く話したかったのですが……すみません。そのせいで、劉帆を混乱させてしまったのかもしれません」

「それはどうだろう。これを知っていても、僕は嫉妬していたかもしれないな」

困ったように、劉帆が笑っている。無防備で、格好良いのに、可愛《かわい》くも見える。宿花妃の隣にいる時の劉帆はしない表情だ。その瞳の奥がきらきらと輝いているよう。

その瞳が珠蘭を映し、その手が珠蘭の髪に触れる。

狭い宮女室では、ここにいるのが二人だということを強く感じさせる。だからか、珠蘭の心音が急《せ》いていく。

（なんだろう。気持ちが落ち着くような、でも妙にそわそわとする）

劉帆がいないことで、心にぽっかりと穴が空いたような心地がし、それに寂しさと名前をつけていた。けれど今は、その穴が埋まっている。満足するはずなのに、そわそわとして、劉帆の顔をじっと見つめることさえ憚《はばか》られた。

「珠蘭」

名を呼ばれて、珠蘭はびくりと背を震わせた。劉帆のことを考えていたところだったので、言い当てられたような気まずさを抱く。珠蘭は平静を装った。

「何でしょうか」

「君は、僕が真珠宮に通う理由を聞かないのだなと思っていたのだが……さては今、別のことを考えていただろう」

「ち、違います！」

当たりだ、劉帆のことを考えていた。正直に明かすのはなぜか恥ずかしい気がして、珠蘭は誤魔化《ごまか》す。幸いにもこれ以上を劉帆が追求することはなかった。

「僕が真珠宮に通う理由はもう少しだけ話せそうにないんだ。時が来たら必ず話すよ」

「……わかりました」

「その間に嫉妬してくれてもいいんだがなあ。君はそういうのに鈍いのかもしれないね」

劉帆はからかうように言っているが、珠蘭にはぴんと来ない。劉帆と宿花妃の関係について嫉妬する要素が思いつかなかったのだ。

困り顔の珠蘭に劉帆は微笑《ほほえ》みを浮かべている。もう一度髪を優しく撫でる。

「せっかく忍んできたんだ、悩みごとや相談ごとがあるなら聞こう」

「悩みごと……そうですね、先ほど考えていたことがあります」

「というと、沈花妃の件か？　伯花妃が送った密偵は見つけたが、まだ密偵が潜んでいるかもしれないという話だったな」

珠蘭は頷く。

「良い案は浮かんだのですが、少し悩んでいます。これは沈花妃を傷つけてしまうことになります」

「ふむ。だが沈花妃も協力的だろう。臆せずに相談してみれば良いと思うが」

「ですが、うまくいかなかった時を思うと……勇気がでません」

劉帆も悩んだ様子で「勇気か」と天井を見上げた。

「勇気はなかなか得られるものではないからな——ならば、こうしよう」

そこで言葉は途切れ、次の瞬間。

珠蘭の視界はぐらりと揺れた。体ごと、ぐいと何かに引き寄せられる。

劉帆だ。抱きしめられている。背に回った腕は力強く、珠蘭を離したくないと主張しているかのようだった。

「僕がいる」

劉帆の囁《ささや》きが落ちる。

「勇気がでないというのなら、僕が力を貸そう。僕は君の味方だ。側に居られなくともずっと君を想《おも》っている」

突然の抱擁に驚き、身を強張《こわば》らせていた珠蘭も、ゆるゆると力が抜けていった。抱きしめられた腕の中は温かく、心地よい。耳に届く劉帆の言葉も体に染みこみ、優しい熱となって解けていくかのようだ。

「言っておくが、興翼にこのようなことをさせてはいけないぞ」

「え？　なぜ興翼の名が」

「……醜い嫉妬だと笑えばいい。とにかく、僕は嫌だ」

ちらりと見上げれば、一瞬ほど目があったが、劉帆はすぐに視線を逸《そ》らしてしまった。

その表情はいつもよりも恥じているように見える。

「君に伝えたいことはあるが、それは今ではなく、ここが思い描く理想に近い場所、いつか君と話した稀色の世が来た時に語るべきだと思っている。だけど勇気が必要な場面があるのなら、一人で立ち向かうのが恐ろしい時は、いつでも寄り添いたい」

思いついている案は沈花妃を傷つける。そしてうまくいかない可能性だってある。けれど、どんな時でも劉帆は側に寄り添ってくれるのだろう。劉帆が真珠宮にいたとしても、心は側にある。今感じている胸の温かさを忘れることはない。

「ありがとうございます……勇気が得られた気がします」

珠蘭が告げると、腕がするりと離れた。一抹の寂しさを残し、劉帆が離れていく。

「効果があったようで何よりだ。勇気を得る方法と考えたが、実のところはこれしか思いつかなかったからなあ」

「距離の近さは少々の恥ずかしさを感じますが、効果はありますね」

「なるほど。では今度、僕が勇気を出さなきゃいけない場面では、君から抱きしめてもらいたいねえ」

珠蘭を抱きしめていた時の恥じらうような顔つきは消え、いつもの人をからかう時の表情になっている。劉帆は珠蘭の隣に座り直し、好奇心に満ちたまなざしをこちらに向けた。

「ではそろそろ、君が思いついたという策について話してもらおうか。実はこれが気になっていてねえ」

「はい。では、話します」

そして語るは、珠蘭が思いついた作戦。

密偵ではなく、沈花妃を貶《おとし》めようとする者を炙《あぶ》り出すための手段だ。

＊＊＊

真冬に行われる行事。島が緑豊かな一年になるよう、花を模した称号を得た花妃たちが、春の到来を願って祈りを捧《ささ》げる恒例行事である。

本年は四花妃しかいないとはいえ、美しい面々が揃《そろ》えば白一面の冠緑苑には花が咲いたかのようである。座席や祭壇なども設けられ、後宮だけでなく、外廷の一部の者も招待されているため賑《にぎ》わっている。

（于程業の姿は見えないけれど、郭宝凱はいる）

その中には郭宝凱の姿もあった。太保《たいほ》という名誉職につくため、よい席が設けられていた。中書令《ちゅうしょれい》である于程業も招かれているはずだが、まだ姿はない。

珠蘭は瑪瑙《めのう》宮の宮女として、沈花妃のすぐそばに控えていた。

花妃は中央に翡翠《ひすい》宮の伯花妃がつき、そこから序列順に並ぶ。伯花妃の隣には宿花妃がいた。この日のために誂《あつら》えたのだろう毛皮や襦裙《じゅくん》は見事なものだ。伯花妃もなかなかの良いものを纏《まと》っているが、宿花妃はそれを超える。特に希少価値の高い、白狐《びゃっこ》の毛皮は目を引く。それを纏っても、仮面の下から見える顔《かんばせ》は美しく、毛皮の派手さに負けることがない。だが、今日最も注目を集めたのは宿花妃ではなかった。

(視線がすごい。寵妃《ちょうひ》になるかもしれないと噂《うわさ》されているのは大きいみたいだ)

花妃の順序では最も下位に当たる、瑪瑙仮面をつけた沈花妃。そばに控える珠蘭も緊張するほど、沈花妃に視線が集まる。

外廷からの招待者や花妃らが揃い、しばらく経《た》った頃である。ざわついていた冠緑苑が水を打ったように静かになった。穏やかだった空気は一変し、緊張感に包まれる。

その理由はすぐにわかった。冠緑苑に敷かれた敷物《しきもの》を踏みしめる者。豪奢《ごうしゃ》な仮面を身につけ、目に焼き付く瑠璃色が現れた。

(兄様……)

不死帝だ。前後には瑠璃宮の宦官《かんがん》が付き、史明や劉帆、興翼といった姿があることから、不死帝は海真だとわかった。

海真は髪が短い。だが結い上げているかのようにうまく髪を固め、冕冠《べんかん》を被《かぶ》っている。肩幅もこれほど広くはなかったように思えるが、詰め物をして調整しているのだろう。

不死帝のために設けられた席につくと、緊張感はそのまま崩れることなく、招華祭が始まった。

そして——四花妃が祈りを捧げる刻限が近づいたところで、それは動いた。

「申し上げたきことがございます」

声をあげたのは宿花妃だった。不死帝は声をあげなかったが、視線が宿花妃に向く。それを合図として、宿花妃は続ける。

「本日は四花妃が集まりましたが、この中に花妃として相応《ふさわ》しくない者がございます」

この発言に周囲がどよめく。その中を宿花妃は堂々と歩き、沈花妃の前に立つ。

「我らが霞の蒼天《そうてん》。全てを見渡すその慧眼《けいがん》には、濾州寒遼で発生している暴動についても届いていることでしょう。禁軍を動かすこととなったこの暴動には裏で手を引く者がいると噂されています。沈花妃の父は濾州刺史。無関係とは言えますまい」

ざわつきは止《や》まない。だが沈花妃は微動だにせず、宿花妃を見つめたまま、黙っている。

「さらに沈花妃には疑惑がございます。彼女の背に爛《ただ》れた火傷痕《やけど》があるのはご存じでしょうか。そのように醜い傷がありながらも隠し、不死帝をも欺いて、瑪瑙宮の花妃となっていたのです。我らが蒼天を騙《だま》すなどなんと不届きな者でしょうか」

そこで不死帝が史明を呼び、耳打ちをした。終わるなり、宿花妃に向けて史明が言う。

「『宿花妃が要求するものは何か』と不死帝は問うています」

「わたくしが望むのは、正しく美しき後宮の場。このように傷を負った娘は、蒼天の後宮に相応しくありません」

宿花妃の口元はにたりと笑みを描いていた。それは沈花妃や、その側に控えている宮女にしかわからないだろう。

（狙いは……これだった）

背の傷について噂を流し始めたのは、この日に沈花妃を糾弾するためだろう。じゅうぶんに噂は広まり、だからこそ宿花妃がここで声をあげても他の者たちは驚かず、異を唱えることもない。皆が噂を信じているためだ。

そして、外廷の者たちも招かれる行事であることから招華祭を選んだのだろう。今年は不死帝の参席もある。宿花妃が声をあげれば、それは様々な者たちの耳に入り、あっという間に霞正城全体に広がるだろう。沈花妃を陥れるのに最適な日であると言える。

想像通り、冠緑苑に集う者たちは沈花妃に疑念のまなざしを向けていた。ざわつきは止まない。傷について知らなかった者も、眉を顰《ひそ》めて沈花妃を見つめていた。

だが、沈花妃に焦る様子は一切見られなかった。こうなることさえ想定のうちだと言わんばかりに、凜《りん》と前を向いている。沈花妃が動じずにいられるのには理由がある。

沈花妃は立ち上がった。

「わたくしも申し上げたきことが――」

予定ではここで沈花妃が珠蘭を指名し、珠蘭から語るはずだった。

だが、沈花妃は全てを言い切ることができなかった。花妃ではなく、別の方向から声があがったためだ。

「いくら寵妃《ちょうひ》とはいえ、私も相応しくないと思いますねえ」

その声は覚えている。珠蘭は咄嗟《とっさ》に声がした方を見やる。そこには于程業がいた。だが外廷の招待席ではない。

「これはすみませんね。遅くなってしまいまして。着いたらどうやら物々しい空気でしたから……おっと、もしかすると私は発言してはいけない場面でしたかね」

空気が読めず、少しずれたところは以前と変わらない。ここに不死帝がいるとわかっていても臆することがないのは六賢の一人という自信もあるのだろう。

その于程業は花妃の席をじろりと見回した。だが珠蘭と話していた時のような優しさは感じられない。

「招華祭の厳粛な空気を壊すのはいささか疑問ですが、しかし宿花妃の仰《おっしゃ》る通りであるなら沈花妃はこの場に相応しくないと言えましょう」

これはまったく予想外のことだった。珠蘭は眉間に皺《しわ》を寄せ、于程業の動静を見守る。

（密偵がいることを教えてくれたのは于程業だったのに、なぜ宿花妃に肩入れを……）

于程業は味方してくれていると思っていた。進むべき道を示してくれたとさえ思っていたが、それは異なるのかもしれない。

その于程業は皆の注目を浴びながら続ける。

「不死帝の寵を受ける価値もない娘です。これを花妃と呼び、春を招く祈りを捧げさせるなど言語道断。傷女《きずめ》と刻まれた者を後宮に置く必要はありませんとも」

これには沈花妃、そして珠蘭も息を呑《の》んだ。

（……どういうこと）

宿花妃だけでなく、中書令である于程業も沈花妃を批難しているのだ。その老獪《ろうかい》な語りは冠緑苑に集う者たちに響いた。皆ざわつきながら沈花妃を汚いもののように睨《にら》んでいる。

（予想外だった。于程業が出てくるなんて……それに……）

動揺で手が震える。途中までは計画通りだったが、ずれてしまった。そして恐ろしい想像が珠蘭の頭に浮かんでいる。

「珠蘭？」

沈花妃が小声で問う。それでも俯《うつむ》いたまま珠蘭は動けなかった。

（考える。今の言葉が示すこと）

思考は一つの答えに至っている。宿花妃については想定のうち。だが于程業の発言はそれよりも深く、恐ろしい可能性を秘めている。この後宮に潜む闇の中に飛びこんでしまったような気分で、知らないふりをしていた方が良《い》いのではないかと思ってしまうほど。

「……顔をあげろ」

沈黙する珠蘭の鼓膜を揺らしたのは、冠緑苑に響く劉帆の一声だった。

顔をあげて、劉帆の方を見る。彼は珠蘭を励ますかのように、微笑《ほほえ》みを浮かべていた。

そして表情を強張らせ、皆に聞こえるように大きな声で告げる。

「『先ほど沈花妃が言いかけたものが気になる』と不死帝が申している」

宦官として不死帝の言葉を伝えている。だがそれは劉帆からの激励だと珠蘭は受け取った。勇気が出ない時、離れていても心は共にある。

（怖がらず、信じよう）

自然と、先ほどまでの恐怖は消えていた。心に巣くう闇が晴れたような心地だ。

珠蘭の心境が変化したことに沈花妃も気づいたのだろう。沈花妃は不死帝に礼をし、予定通りに告げる。

「我らが蒼天。発言の機会を与えてくださり感謝いたします。わたくしの代わりに、信頼している宮女からお話をさせてください。董珠蘭、ここへ」

「はい」

珠蘭は前に出る。不死帝や宿花妃だけでなく、冠緑苑に集う者たちの視線が一斉に集まった。だが臆することなく、珠蘭は語る。

「董珠蘭にございます。この場で、傷についてのお話をさせていただきます。宿花妃や于中書令が語ったように、沈花妃の背には確かに傷がございます」

冠緑苑が再びどよめいた。瑪瑙宮の宮女から、傷があることを認める発言が出たのだ。

これは想定通りのことである。沈花妃には、傷について明かす必要があると話し、許可を得ている。沈花妃としてもこれ以上隠しきれないと覚悟を決めていたようだったが、沈花妃を巻き込む以上この作戦をやりきらなければならない。

珠蘭は宿花妃に向き直り、問う。

「宿花妃。先ほど、傷について『爛れた火傷痕』と仰っていましたね」

「そうよ。あなたも確認したから、この場で語っているのでしょう」

「もちろん確認いたしました。ですから、申し上げます。瑪瑙宮に密偵を潜ませ、傷についての噂を広めたのは宿花妃です」

「は……何を根拠に」

珠蘭はもう一度不死帝を見やる。その隣にいる劉帆はしっかりと頷《うなず》いていた。

「背の傷については瑪瑙宮の一部の宮女が知るのみでした。ですが、しばらく前からこれに関する噂が後宮に流れていました。そのことから、瑪瑙宮に密偵がいるのではないかと探っていました」

これに劉帆が相づちを打つ。

「君がそれを調べていたと？」

「はい。ですが、簡単に見つかるものではありません。そのため、私は密偵と疑わしき宮女それぞれに、傷についての異なる情報を流したのです」

これを思いついたのは、宿花妃の言葉がきっかけだった。背の傷について真偽を問えと何度も言われたことから、密偵たちは傷を直接見ていないのではないかと疑念を抱いた。ならば、それぞれに傷についての偽りの情報を流せば良いと考えたのだ。

すると、伯花妃が声をあげて笑った。

「……なるほど。そういうことだったのか」

「伯花妃はどのように報告を受けましたか？」

「我は『十字の切り傷』があると聞いた。それを聞いたとて、広める気にはならん。実際に、このように黙したままであっただろう」

それぞれの宮女に異なる情報を与え、後はどのように噂《うわさ》が変わるのか様子を見守っていた。情報を与えたのが招華祭の前々日ということで不安はあったが、事はうまく運んだ。しかし宿花妃は違った。沈花妃を陥れるために、密偵から報告を受けたとしてもその情報を悪用しない者もいる。

伯花妃のように、密偵から報告を受けたとしてもその情報を悪用しない者もいる。

「今の瑪瑙《めのう》宮は注目を浴び、送りこまれている密偵も一人ではない。それぞれ調べていくのも時間がかかります。ですがこの方法なら、密偵ではなく、沈花妃を貶《おとし》めようとする者を見つけることができます」

「な、何を根拠に……」

「ちなみに、沈花妃の背に傷があるのは事実ですが、ここで語られたような爛れた火傷痕でも、十字の切り傷でもありません」

宿花妃は唇を噛《か》んでいる。冠緑苑に集まった者たちが珠蘭の話を聞き、宿花妃にも疑いのまなざしを向けているとわかったのだろう。

「……密偵は認めるわ」

苛立《いらだ》たしげに宿花妃が言う。

「けれど、伯花妃も報告を受けたと話していたように、皆して行っていることよ。後宮ならばこのようなことは些細《ささい》な話」

「そうでしょうねえ。他の妃宮《ひみや》に密偵を送ることは罪として咎《とが》められませんよ」

割りこんできたのは于程業だ。老獪な笑みは消えることなく、珠蘭を挑発的に睨《ね》めつけている。

「それよりも董珠蘭……私は君のことが心配ですねえ。このように皆が集まる場で、確証もなく花妃を貶《けな》すのはよろしくありません。もちろん覚悟はしているのでしょうね」

「覚悟はとうにしています。だからこそ……もう一つ、申し上げます」

珠蘭も負けじと睨み返す。ここで于程業が出てきたのは好都合だった。珠蘭は彼にも言いたいことがある。

「私は沈花妃の背にある傷を見せていただきました。そこで、実際の傷とは異なる情報を流しています。十字の切り傷や爛れた火傷痕……ですが、私が流した偽りの情報とも異なる話を語った者がいます」

表情の変化を一つも逃すまいと、稀色の瞳は見開かれ、于程業を捉える。

「于中書令。あなたはこの傷痕を『傷女と刻まれた』と語りました」

いる。

「そうだね。彼が言っていたのを僕も聞いたよ」

于程業がとぼける前に、劉帆が同意の声をあげた。于程業は何も言えなくなり、黙っている。

「現在は傷の大半が癒え、残っているのは大きな傷が二つ。この状態を見て、『傷女』と読む者はいません。それに、この読み方はつい最近にわかったこと。それまでは沈花妃自身、文字であることさえ知らなかったのです」

これに気づいた時、珠蘭は恐ろしいものに触れている心地になった。『傷女』と刻まれたことを知るのはごく一部の者。傷を負った沈花妃でさえ、斗堯国の文字を読めないが故に知らなかったのだ。

(可能性は三つ。あの場にいた海真もしくは興翼から報告を受けたのか。沈花妃が傷をつけられた現場に居合わせた、もしくは居合わせた者から聞いたのか)

海真や興翼から報告を受けていないのならば、于程業は沈花妃を襲った者たちを知っていることになる。

「そもそもこの文字は霞にいるほとんどの者が読めないでしょう。なぜなら――」

「証拠のない言いがかりに過ぎませんね」

「斗堯国の文字である」と言いかけたが、于程業がそれを遮った。自分は潔白だと言わんばかりに手を大きく広げて言う。

「偉そうに語っていても、君だって偽りを述べている可能性がある。ここにいるほとんどの者は沈花妃の傷を見ていない。本当のところは誰もわからないんですよ」

「……瑪瑙宮の宮女たちは、傷を見ています」

「それは馴染《なじ》みの宮女でしょう。ここにいるほとんどの者は知らないことですよ。君の言うことが正しいというのなら、そこにいる沈花妃を脱がせればいい」

于程業は沈花妃を指で示す。これは沈花妃も予想外だったのだろう。仮面から覗《のぞ》く瞳は驚きに見開かれていた。

「なに、たかが背を晒《さら》すだけですよ。しかしこれほど多く集まっている中で肌を晒すのですから、好奇な目を向けられても仕方がないこと。そういえば、不死帝に寵愛《ちょうあい》されていましたねえ。不死帝に愛《め》でられた花妃が数多《あまた》の面前で肌を見せたなど笑止千万。不死帝のご威光を汚すようなものです」

その発言は、ここで沈花妃が動けないと見込んでのことだろう。于程業はしたり顔だ。傷の証明をするために背を見せるとはいえ、冠緑苑に集まった人の数は多い。于程業が語った通り、ここで背を見せれば好奇の目に晒され、沈花妃の尊厳を傷つける。

沈花妃が背を見せずともすむように、説き伏せるしかない。珠蘭は思考を巡らすが、良き案は出ない。

「さて、沈花妃。どうなさいますか。たかが宮女の董珠蘭を信じてここで背を晒すか、それとも不死帝を守るために背を隠すか」

于程業は沈花妃に迫る。珠蘭に口を挟ませないよう、沈花妃に問いかけているのだ。

「わたくしは……」

震えながらも沈花妃が口を開く。

「……珠蘭も、不死帝も信じています」

「ほう？　ではどうされると」

「珠蘭の証明となるのなら、ここで傷を見せましょう」

しっかりとした口調ではあるが、その手は震えていた。怯《おび》えているのか肌も青白い。沈花妃は纏《まと》っていた毛皮を脱ぎ、珠蘭に手渡した。冠緑苑は静かだ。それほど皆が注目しているのだと伝わってくる。沈花妃もそれを感じ取っているのか、仮面で覆いきれぬ部分の顔は恥じらいに染まっていた。

「随分とゆっくりですねえ。招華祭の儀もありますので、急いでもらいたいのですが――ああ、そうでした。私も手伝いましょう」

そう告げると同時に、于程業が沈花妃に手を伸ばす。

「おやめください！」

阻止すべく、咄嗟《とっき》に振り返るも、于程業の動きに追いつけない。

于程業の指先が沈花妃の肩に触れる。悪意が沈花妃を呑《の》みこもうとしていた。

そして——。

「待て」

于程業の手を摑《つか》んで止める者。その声。

珠蘭ではない。だからこそ、見上げてその姿を確かめた。

しゃらりと玻璃《はり》玉の揺れる音がした。冕冠の簾《すだれ》だ。この霞で唯一、蒼天《そうてん》の掌握者であると示す瑠璃色の龍袍《りゅうほう》を着た者。

不死帝だ。沈花妃を守るかのように間に立ち、于程業の手を摑んでいる。

「証明する必要はない。余は既に沈花妃の傷を確かめている」

黙し、動かぬはずであった不死帝が声をあげた。この衝撃に冠緑苑に集まった者だけでなく、それぞれの花妃や宦官《かんがん》たちも驚いている。

不死帝が動いたことは于程業にとって想定外だったのだろう。六賢であるが故に、不死帝が動かぬものだと思っていたのかもしれない。

不死帝は沈花妃の背を優しく撫《な》でる。

「……傷があっても、そなたは美しい」

ぽつりと、不死帝の呟《つぶや》きが落ちる。それはひそめいた声で、沈花妃と不死帝はもちろんのこと、珠蘭や于程業のように近くにいた者にしか聞こえなかっただろう。しかし沈花妃を愛でるような振る舞いは皆が見届けていたはずだ。

遅れて劉帆や史明がやってきた。不死帝は劉帆に耳打ちをし、それを聞くなり劉帆は皆に向き直って告げた。

「不死帝は今回の騒ぎをやめよと申している。沈花妃の傷については不死帝自ら確認されているとのこと。董珠蘭が語る通り、二つの傷であったとのことだ」

劉帆が告げると、少しずつ冠緑苑にざわめきが戻っていった。不死帝を呆然《ぼうぜん》と眺めていた者たちも我に返ったのだろう。劉帆は咳払《せきばら》いをし、さらに続ける。

「濾州の暴動も制圧された。これについても調査は完了し、沈家の関わりがないことを確かめている。これ以上、沈花妃を陥れようとする者は許さないと仰せだ」

その宣言に、宿花妃は悔しげに顔を歪《ゆが》め、于程業も呆然としていた。

招華祭はこのまま行われるのだろう。不死帝は沈花妃から離れ、劉帆や史明と共に戻っていく。

だが、不死帝が伯花妃の前を通り過ぎようとした時である。

「これは、沈花妃を寵愛するという意思表示でしょうか」

問いかけたのは伯花妃だ。相手が不死帝であれど臆する様子がない。

不死帝は一度歩みを緩め、伯花妃をじっと見つめていた。だが不死帝は答えることなく、再び歩き始めた。

「その無言は肯定と受け取ってよろしいですね」

伯花妃は再度問う。それでも不死帝は答えず、立ち止まることもなかった。

伯花妃はただ、去りゆく瑠璃色の龍袍を睨《にら》んでいた。


波乱の招華祭が終わった。不死帝が戻るのを見届けた後、花妃たちがそれぞれの宮に戻る。まずは伯花妃が去り、序列順にそれぞれが去っていく。最後は沈花妃だ。

「董珠蘭。少しこちらへ」

沈花妃と共に瑪瑙宮に戻ろうとした珠蘭だったが、それは許されなかった。于程業が珠蘭を呼んでいる。いつ呼ばれるかと思っていたが、それは案外早かった。

沈花妃のことは他の宮女に託し、于程業と共に冠緑苑の外れに歩いていく。

「……さて」

喧騒《けんそう》が遠ざかり、周囲に誰もいなくなったところで于程業が切り出した。

「君はなかなか凄《すご》いですねえ。私の想定を超えていました。宿花妃は嫉妬深くてねえ。最も美しい者が自分であり、他者に選ばれるのも自分でないと許せないのですよ。あのように何度も不死帝が瑪瑙宮に渡ったがため、沈花妃を妬んだのでしょうね」

「それを、どうして私に話すのでしょうか？」

珠蘭は警戒し、于程業を睨む。

（この人のことが、よくわからない。狙いは何だろう）

宿花妃は、何らかの理由で沈花妃を陥れたいのだろうと考えていた。そのため于程業が語る宿花妃の動機も納得がいく。

だが、最もわからないのは于程業だ。

密偵を捜すように珠蘭に助言をしたのは于程業である。そのくせ、あの場では宿花妃の肩を持ち、沈花妃を追い詰めようとした。何の狙いがあってなのかわからない。

「宿花妃のことを明かしたのは、君が想定以上に素晴らしかったご褒美ですよ。実に面白い。彼女を罪に問えるわけでも、後宮から追い出せるわけでもありませんが、今回のことによる悪評はしばらく彼女を苛《さいな》むでしょう。大人しくなりそうですね」

「……それで、あなたの狙いは？」

「君は少々知りすぎていますね」

不気味なほどにやつきながら、于程業が言う。

「君が不出来ならば、伯花妃の密偵を捕まえる程度。噂《うわさ》通りに洞察力があるのなら、宿花妃まで行き着くと考えていました。それどころか、君はあの場で私に恥をかかせた。君があの文字を読んでいたとは予想外ですよ」

珠蘭が斗堯国の文字を解読していたことを于程業は知らなかった。それは彼にとっての誤算だ。文字の解読ができていなければ、招華祭で于程業の発言を指摘することはできなかった。

于程業は一歩こちらに詰め寄る。だが珠蘭は意地でも動かず、于程業を睨み続けた。彼が沈花妃にしようとしたことは記憶に新しい。この者を許すつもりはまったくなかった。

「ああ、大丈夫ですよ。このように面白い、私を飽きさせない者を簡単に排してはつまらなくなりますからね」

彼の狙いはわからないが、どうにも彼がこの状況を楽しんでいるように思える。招華祭では随分と追い込まれただろうに、今は余裕たっぷりに笑っている。

「……時間ですかね。君は人気者のようだ」

珠蘭の肩の向こうをじっと見つめ、于程業が言う。振り返れば劉帆ともう一人がこちらにやってくるのが見えた。

于程業は満面に笑みを浮かべ、珠蘭の肩をぽんと叩《たた》いた。耳元に顔を寄せて囁《ささや》く。

「君のおかげで楽しい招華祭になりました。これからも飽きさせないでくださいね」

不気味な言葉を残し、于程業は去っていく。珠蘭はその背を追いかけなかった。頭の中は、于程業が語ったものを反芻《はんすう》するのに忙しい。

(今日の出来事さえ楽しんでいたかのようだった。あの人は恐ろしい)

こうやって言葉を交わしても、その心は見えてこない。覗こうとしてもどす黒いものに覆われていて底がわからない。

しばし待っていると、劉帆がやってきた。劉帆のみならばわかるが、珠蘭はその隣にいる者を見て目を丸くした。

「……逃がしたか」

現れたのは郭宝凱だった。不快そうに于程業が去った方角を睨んでいる。于程業はすっかり遠ざかり、今から追いつくのは難しそうだ。

「珠蘭、于程業に何か言われていたんじゃないかい？」

「私は大丈夫です。ですが、なぜお二人がここに」

「君が于程業に呼ばれているのを郭太保が見ていてね、僕に教えてくれたんだ」

劉帆はそう言って、郭宝凱に視線を送る。

相変わらず郭宝凱は険しい顔をし、白鬚《しらひげ》を撫でている。表情から好意的なものはまったく感じられないが、口を開くとその印象は変わった。

「此度《こたび》の件、そなたのおかげで突破口を見つけることができた。その礼を伝えようと思ったまでだ」

「突破口……？」

「劉帆には、ある調査を依頼していた。そなたが知っているかはわからぬが、霞の全土で起きている失踪事件についてだ」

これに劉帆が頷《うなず》く。

「美しい娘が姿を消す。何者かに攫《さら》われた――この手の話は昔から今まで多くあってね。

ほら、珊瑚《さんご》花妃となる予定だった娘がいなくなった話もあるだろう？」

「望州に行く前に聞きました。そのような失踪事件は他にも起きていたのですか？」

「特に有名なのは、何年も前のことになるが永霞《えいか》の玉《ぎょく》が消えた話だろう。その娘は美しく、永霞の玉と讃《たた》えられるほどだった。この後宮に来るはずであったが、彼女は忽然《こつぜん》と消え、今も痕跡は見つからない」

そのような事件があったことを珠蘭は知らなかった。永霞の玉という言葉も初めて聞く。俯《うつむ》き考える珠蘭の様子を見ていた劉帆が言った。

「珠蘭が知らないのは当然なんだ。長くわからないままだった失踪事件の手がかりは——君の故郷で得たのだから」

「故郷……失踪した娘たちは斗堯国に送られていた？」

点と点が繋《つな》がるような感覚がし、珠蘭ははっと目を見開いた。

「そう。僕は、君の故郷で斗堯国の舟を見つけていた。海神の牢《ろう》にあった大鏡や壁画から、あの場所から斗堯国に人が送られていたと考えたんだ」

望州にて、珠蘭が壕《ごう》を見に行った時、劉帆は舟を調べにいった。その時に手がかりを得て、海神の牢で確信を抱いたのだろう。

だが理解できないのは劉帆が真珠宮に通っていたことだ。

「失踪事件の調査として、あの聚落出身である私や兄様を疑うならわかります。ですが、なぜ劉帆は真珠宮に通っていたのでしょう。この件と関わりがあるのでしょうか」

「……あるんだ。関わりが」

劉帆は頷く。その表情が清々《すがすが》しく見えるのは、これまで秘めていたことを明かせるからなのだろう。

「宿花妃の父は、斗堯国との交易権を得ている。だから彼女がいる真珠宮には、斗堯国から運ばれてきた珍しい毛皮や大鏡がある。失踪事件の行き先が斗堯国であるのなら、交易に関わる者が無関係とは思い難《にく》い。郭太保と話し、それを突き止めるため真珠宮に通っていた」

「その結果はどうだったのでしょう」

劉帆は首を横に振る。

「なかなか難しい。尻尾を摑ませてはくれない――だが、珠蘭のおかげで突破口が開けたよ。この件に于程業が関わっているとわかった」

招華祭で珠蘭は于程業の言動を指摘している。于程業は斗堯国の言葉を知り、沈花妃の背に『傷女《きずめ》』と刻まれたことを知っていた。

「沈花妃が過去に襲われていたことや背に刻まれていた文字については海真から聞いたよ。そして海真や興翼は、この件を于程業に話していないとも語っている。つまり、于程業はこの傷をつけた者を知っているか、その現場に居合わせていたかの二択だ」

「……無関係ではなさそうですね」

「過去に沈花妃が襲われたというのも、これまでの失踪事件と手口が似ている。救出されなければ斗堯国に渡っていた可能性が高いと思う」

つまりは、この失踪事件について調べるために、劉帆は真珠宮に入り浸り、宿花妃周辺を調べていた。だが成果はなかなか得られず、そんな中で珠蘭が于程業という別なる者の関わりがあることを曝いたのだ。

「宿花妃と于程業が手を組んでいるのなら、僕が調べても何も得られなかった理由がわかる。于程業は狡《ずる》い人間だからね」

これに郭宝凱が頷いた。

「あれは六賢の中でも独自の考えを持つ。物事を見抜く鋭さや賢さは持っているが、いかんせん享楽的な一面がある」

「先ほども話していましたが、私も于程業の狙いについてはわかりません。彼は何がしたいのでしょう」

この問いかけに、郭宝凱や劉帆は黙っていた。二人とも答えが見つからないのだろう。于程業の心は誰にもわからないままだ。

「だが今回のことで于程業と斗堯国の繋がりが見えた。ここから先は我が仕事だ。六賢を担う者として于程業の狙いを曝こう」

そう言って、郭宝凱は劉帆と珠蘭を交互に眺める。わずかに口元が綻んでいるようにも見えた。険しい顔つきなのは元からで、微笑《ほほえ》むのが苦手なのかもしれない。

「稀色の瞳を持つ珠蘭。この後宮において、真実を追求し、人を信じようとするそなたを気に入った。だから――この霞を託そう」

珠蘭はこの言葉が引っかかった。

「不死帝ではなく霞……なのですね」

六賢は不死帝制度を守るための組織であり、不死帝という象徴を立てて国を動かしている。これからも不死帝を支えてほしいと語るのならば理解できる。だが、郭宝凱は『霞を託そう』と告げた。まるで、不死帝の仕組みを終わらせたい珠蘭の心を知っているかのようでもある。

珠蘭の問いかけに、郭宝凱は再び口元を緩めた。

「解釈は若い者たちに委ねよう。この霞がより良き国となることを願っている」

その言葉を最後に郭宝凱は歩き始めた。劉帆と珠蘭はその場に残り、遠ざかる郭宝凱の背を見送る。

「……今回も、君は凄かったな」

劉帆が言った。緊張から解き放たれたと言わんばかりに、手をぐいとあげ、体を伸ばしている。

「これで僕も宿花妃から解放される。いやあ長かった。宿花妃は面倒でね、昼夜問わず呼び出されたり、会えば腕に絡みついてきたりと大変だった。歩きづらくて仕方ないよ」

「よかったです。劉帆も少し休んでくださいね」

「もちろん、そうするとも。君に甜糖豆《テンタントウ》をあげようと思っていたのに渡せずじまいだからね、君に会わないと」

珠蘭は返答に迷った。甜糖豆はいつでも何個でも食べたいところだが、珠蘭に会いにきては劉帆の休みにはならないのではないか。心の中で、劉帆を気遣う気持ちと食欲がせめぎ合っている。

劉帆はくつくつと笑い、珠蘭の肩をぽんと優しく叩いた。

「安心するといいよ。僕にとって君に会うのは心が安まるものだから」

「では安心して、甜糖豆を要求します」

「おお。要求が早いな」

これに珠蘭も微笑む。

だが、穏やかな時間といかないのは、招華祭の爪痕が残っているためだ。笑い合う二人の間に冷たい風が吹く。その寒さで思い出したかのように、珠蘭は呟《つぶや》く。

「宿花妃に手程業。そして、招華祭での不死帝の行動……どうなるのでしょう」

「不死帝の行動はどのような波紋を呼ぶのかわからない。不死帝とは重たいものだ。不死帝を演じるためには人の心を殺さなきゃいけない。それが海真はできなかった」

　劉帆は空を見上げていた。

「不死帝であることを忘れるほどに沈花妃が好きなのだろう。結ばれなくとも好きで、沈花妃を守りたかったのだろうね。だから僕は海真を責められないよ」

　あの場で動いたことは不死帝としては良くなかったのだろう。だが不死帝として正解の行動を取っていれば、あの場で沈花妃は背を晒《さら》し、心を傷つけられていた。

　あの瞬間、沈花妃の許《もと》に駆けた不死帝は不死帝ではなく、董海真だった。それは沈花妃の近くにいた珠蘭だけが知っている。

（でもこれで……沈花妃は、不死帝により一層の興味を持ってしまう）

　珠蘭も空を見上げた。この冷たい風が止《や》んだら春が来るのだろうか。その春が暖かければ良い。誰も傷つかぬ、暖かな春が来てほしい。そう願うばかりだ。

　だが、その願いは裏切られることとなる。冬は簡単に去らず、春が近づく前に嵐が来る。後宮を揺るがす事件――霞正城が血で染まる日が近づいていた。

第四章　愛しき暗闇

冬の寒さは日毎《ごと》に失われ、後宮から白き雪は消えていた。冠緑苑《かんりょくえん》は緑が増え、花木の蕾《つぼみ》はふくふくと育ち、まもなくして花が咲くのだろう。

珠蘭《しゅらん》は黒《くろ》宮に向かっていた。黒宮は無人となるも、その呪いに関する噂《うわさ》は消えず、宮女たちは近寄ろうとしない。密談にちょうど良《い》い場所だ。

「……珠蘭、呼び出して悪かったね」

黒宮で待っていたのは董海真《とうかいしん》だった。珠蘭は周囲に人がいないことを確かめ、兄のそばに寄る。

「兄様だけですね。興翼《こうよく》や劉帆《りゅうほ》も一緒かと思っていましたが」

「劉帆はもうすぐ来ると思う」

このような場であれば興翼も来るものだと思っていた。だが海真は興翼について言及しなかった。これに違和感を抱きつつ、珠蘭は劉帆について問う。

「劉帆はまだ忙しいのでしょうか」

「そうだね。俺も劉帆から色々と聞いた。だけどあれ以来、于程業《うていぎょう》や宿花妃《しゅくファフェイ》の周辺を調べてもなかなか進まないみたいだ。于程業のことだから、うまく隠しているのだろう。なかなか尻尾は摑《つか》めない」

招華祭にて、宿花妃が噂を広めたことは曝かれた。だがこれを罪に問うことはできず、今も宿花妃は真珠宮《しんじゅ》にいる。外聞を恐れてあまり外には出ていないようだ。

「宿花妃がどうして沈《しん》花妃を貶《おとし》めようとしたのか、それが理解できません」

「こればかりは本人から聞くしかないね。簡単に語らないから、難しいけれど」

「また沈花妃を攻撃しないと良いのですが」

宿花妃の目的がわからないため、いずれまた今回のように沈花妃を貶めようとする可能性がある。考えるべきものは多い。

「沈花妃といえば、最近はどう？」

「変わりません。不死帝《ふしてい》への興味は、日に日に強くなっていくように思います」

招華祭以来、不死帝についての噂は絶えない。

言葉を発することを嫌った不死帝が声をあげ、沈花妃を庇《かば》った。この話は瞬く間に広まり、沈花妃が寵妃《ちょうひ》になると予見する者はさらに増え、瑪瑙《めのう》宮に届く贈り物は止まない。

沈花妃自身も、不死帝が自らの傷を庇ったことが忘れられずにいる。『傷があっても、そなたは美しい』と呟いた言葉が沈花妃を惑わせていた。

「不死帝に会いたいと、そればかりを言っています」

「俺が会いに行ってもそのようなことは言わないけれどな。これは俺に気遣っているのかもしれないな」

「沈花妃は好意ではなく好奇心として不死帝が気になると話しています。それでも兄様を誤解させるようなことはしたくないのでしょう」

「複雑だね」

海真は苦笑した。

「俺だって、本当はあのような行動を取るつもりではなかった。ただ、あの場で沈花妃が肌を晒すと思ったら……黙っていられなかった」

「……兄様」

「たかが傷だ。それなのにどうして大勢の目に触れさせなきゃいけない。不死帝になったのも沈花妃を守るためだ。そう考えたら……沈花妃に告げていた。あれでは不死帝の寵妃になると騒がれても仕方ないな。俺が良くないことをしてしまった」

海真は悔やんでいるが、珠蘭としては兄に感謝をしている。あの場で庇ってくれたことにより、沈花妃はそれ以上傷つかずに済んだ。珠蘭では于程業を止められなかっただろう。不死帝だからこそ、于程業は逆らえず、手を引っ込めたのだ。

「……とにかく、失踪事件についてはもう少しこちらも調べてみる」

「故郷と斗堯《とぎょう》国の繫《つな》がりについても劉帆に明かしたのですか？」

「ああ。その方が調査も進みが早くなるかと思って」

海真は言い終えると、空を見上げた。黒宮には柳の木が植えてある。後宮に春を呼び込むかのように、尾形花序の独特の花を咲かせていた。

「俺は海神信仰が好きではなかったよ」

「そう、なのですか？」

「だって、海神《かいじん》の贄姫《にえひめ》だと言って珠蘭を閉じ込めただろう。珠蘭は受け入れていたけれど、俺は嫌だった。外の世界から切り離され、ひとりぼっちの珠蘭を見ているのが辛《つら》かった」

珠蘭が壕《ごう》にいた時、海真は足繁《あししげ》く通い、外の世界にあるものを教えてくれた。その感謝は今も消えることがない。

「……だから今、珠蘭がこの場所で生き生きとしながら皆と関わっていることが嬉《うれ》しいんだ。これから先もその瞳に焼き付くのが幸せな場面であることを願っているよ」

なぜか、珠蘭は返事に迷った。その言葉は海真にしては珍しく、何かを悟っているようでもある。だから返答を恐れたのだ。

「兄様……なぜ、今になってそのようなことを」

「それは——」

海真が言いかけた時である。背後から物音がし、珠蘭は振り返った。

遅れてくると聞いていた劉帆だろうと思っていたのだ。だが、現れたのは劉帆ではなく、馮《ひょう》興翼だった。

「興翼。なんでここに」

驚きの声をあげたのは海真だった。

「黒宮には近づいてはいけないと言っていただろう」

「……はあ。めんどくせえな」

海真の反応から察するに、ここにいることを興翼に話していなかったのだろう。だが興翼は焦ることなく、ため息を一つ吐《つ》いた。そして珠蘭の腕をぐいと摑む。

「こいつを借りる」

「こ、興翼！　待ってください。兄様と話が——」

「黙ってついてこい。海真はくるんじゃねえぞ。少し話すだけだから」

珠蘭や海真の言葉に聞く耳を持たず、興翼は珠蘭を引きずるようにして歩き始めた。腕は摑まれたままで振りほどけず、珠蘭はついていくしかない。

黒宮の方を見れば、海真は何かを考えながらそこに立ち尽くしていた。

そうしてしばらく、獣道を行く。その道は冬で閑散としていたが、ここ数日の暖気で雑草が伸び始めている。日陰の道はじめつき、あまり良い心地ではない。だが興翼はこちらを気にすることなく進む。

「興翼、離してください」

いつまでも腕を掴まれていては歩きにくい。珠蘭が何度も主張すると、ようやく興翼が歩《あゆみ》を止めた。それでもまだ、興翼の手は触れたままだ。

「……話があるなら聞きますから。このように無理やり連れてこなくとも」

「珠蘭」

こちらの話を聞かず、興翼が振り返る。

「今から言うことは誰にも言うな」

「……内容によります」

「いいから黙ってろ」

珠蘭の腕を掴んでいたと思った興翼の手は、いつの間にか移動し、珠蘭の手を握りしめていた。その力は強い。

「霞正城《かしょうじょう》から離れろ」

「はい？　なぜそのようなことを」

「理由は聞くな。でも頼むから……あんただけは逃げてくれ」

興翼が語る意味がわからない。なぜ霞正城から離れなければならないのか。理解は追いつかないものの、興翼の真剣な表情がそれは冗談ではないと語っている。

「……理由を話してください」

「ならば興翼の言うことは聞けません。劉帆や海真にも相談をしてください」

「それは言えない」

「だめだ。あの二人には話すな」

頑《かたく》なに、興翼は理由を語ろうとせず、珠蘭に霞正城から離れろと迫ってくる。なぜ劉帆や海真には聞かせてはならないのか。それもわからず、珠蘭は首を傾《かし》げた。

「どうして、私だけなんですか?」

「それは――」

興翼の言葉はそこで途切れた。だが珠蘭の手を握りしめる興翼の手は熱く、強い力が込められている。

そして、ぐいと引き寄せられた。

予想もしていなかった行動に、珠蘭の反応は遅れた。先ほどよりも近い距離に興翼がいる。手を握られていたはずが、抱きしめられている。

「俺は、あんたが傷つくのを見たくないんだ」

耳元に興翼の声が落ちる。

「後宮なんてくだらない場所で、でもあんたは人を信じてる。劉帆が真珠宮に通っていたことだって、あんたは最後まで信じ続けていた」

彼にしては珍しく、弱々しい声音だった。抱きしめられているというよりも、縋《すが》り付かれているようにも感じる。いつもの不遜な態度は消えている。

「そんな風に誰かを信じることができる。そんな人に傷ついてほしくない」

「傷つく、というのがよくわかりませんが、それなら皆に相談すれば……」

「俺は、あんたがいい」

珠蘭を抱きしめる腕の力がより強くなる。

「あんたから目が離せなくて……気になるんだ。好きなのかもしれない」

好き。その二文字が珠蘭の思考を鈍らせる。

「な、な、何を……」

「一回聞いたら理解しろ」

「好きというのは、つまり、人としての好意……」

「ああもう、めんどくせえな。あんたが好きだから、恋愛として好きだから、霞正城から出ろって言ってんだよ」

恋愛というものについては、珠蘭もそれなりに知っている。だからこそ沈花妃と海真の間にある友情を超えた関係性に気づくことができた。

しかし、それが自分の身に降りかかるとは思ってもいなかった。それも馮興翼から告げられるとは。

(でも……心が冷えている)

これほど近くにいても緊張することも、恥じらいに心音が急《せ》くこともない。

それになぜか、劉帆のことが頭に浮かんだ。どうしてこの場面で劉帆を思い出すのか。

その理由は珠蘭にもわからない。

「返答は今じゃなくてもいい。とにかく、あんたを傷つけたくない。あんたが霞正城から出られないっていうなら、俺が逃がしてやる。必ず迎えに行くから」

好意や恋愛について考えるには時間が足りないが、興翼が語る『霞正城から離れろ』という要求については答えがでている。どうして出なければならないのか。傷つくとはどういう意味なのか。それがわからなければ動きたくない。

「興翼。私は――」

そのことを伝えようとし、珠蘭が顔をあげた時である。

視界の端に、別の者の姿が見えた。こちらに向かい、駆けてくる。その姿は珠蘭のよく知る者。

「……劉帆」

息を切らしてこちらにやってきたのは劉帆だった。黒宮に向かう途中で、珠蘭たちに気づいたのだろう。

(今のやりとりを……劉帆に……)

劉帆の姿を見てからというもの、興翼に抱きしめられ動揺していた思考が、眠りから目を醒《さ》ましたかのように、ぐるぐると動き出す。

不安が生じ、珠蘭の心を蝕《むしば》んだ。なぜだろうか。劉帆にだけは見られたくなかった。これでは誤解されてしまうのではないかと焦りが生じる。

（誤解？　なぜ、そのように考えたのだろう）

じっくりと自問自答をする間はなかった。劉帆に見られてしまったと考えればなぜか涙腺がゆるみ、視界が滲《にじ》む。

「珠蘭！」

劉帆が声をかけた途端、興翼の腕から力が抜ける。解放されても、居たたまれない気持ちが妨げて、劉帆の顔を直視することができない。

劉帆が失望しているのではないか。そう考えればここにいられず、珠蘭は駆け出していた。二人から逃げるように走り出す。

どうしてこれほど、劉帆のことを考えてしまうのか。劉帆がどのように思っているのか、その不安が生じるのはなぜだろう。答えはでず、涙となって瞳からこぼれ落ちていく。

後ろから二人の呼びとめる声が聞こえた気がした。それでも振り返ることなく、珠蘭は駆けた。

瑪瑙《めのう》宮が見えてきた頃、ようやく珠蘭は足を緩めた。ここまで夢中で駆けてきた。とっくに息切れしていたがそれでも立ち止まらなかった。

「なんだ。騒がしいな」

瑪瑙宮に入ろうとしたところで、声がかかった。振り返れば伯《はく》花妃と翡翠《ひすい》宮の宮女が数名いる。伯花妃は今日も仮面をつけていた。仮面で覆いきれぬ唇はにたりと楽しげに笑みを描く。

「沈花妃とおぬしに会いにきたのだ。まさか、おぬしがそのように走っているとは知らなかったがな。忙しいのならば別の機会にするが」

「……大丈夫です。沈花妃にも伯花妃の来訪を伝えますね」

瑪瑙宮に入り、沈花妃に伝える。まもなくして伯花妃も部屋に通された。

「急な来訪で申し訳ない」

沈花妃と珠蘭を交互に眺め、伯花妃は言った。

「今日瑪瑙宮に来たのは、しっかりと詫《わ》びねばならぬと思ったからだ」

「詫び、とは？」

「この宮に、我がよく知る者を宮女として忍ばせていただろう。その行動についてだ。探らせていたのは不死帝のことがほとんどだ。沈花妃が不死帝に気に入られ寵妃《ちょうひ》となる可能性があるのか、そして不死帝の人となりを調べたくてここに密偵を送った。だが、背の傷についてなど、意図せぬ情報が耳に入ったことは事実」

そう告げると、伯花妃は自らの仮面に触れる。するりと紐《ひも》を解《ほど》いた。

翡翠仮面を外し、顔《かんばせ》を露《あら》わにする。以前に視《み》た通りの、涼やかで美しい顔つきだ。伯花妃は顔を晒《さら》すことを臆せず、沈花妃をじっと見つめている。そして頭を下げた。

「我は沈花妃の心を傷つけただろう……申し訳ない」

仮面を外したのは心からの謝意を伝えるため。

この意図に気づき、沈花妃はふわりと微笑《ほほえ》んだ。

「顔を上げてください。そのようなお詫びなど必要ありません」

翡翠宮から送られてきた密偵については沈花妃にも話している。だが、背の傷や暴動について伯花妃が他者に漏らした可能性は低い。そのように考え、沈花妃は密偵となった宮女について公にせず、招華祭《しょうかさい》の後に翡翠宮に戻している。

「密偵について、わたくしは責める気はありません。現在のわたくしが注目を浴びる形となってしまったことはわかっています。わたくしだって伯花妃と同じ立場であれば、珠蘭に密偵をお願いし、他の宮に送っていたかもしれません」

沈花妃は穏やかな表情を浮かべていた。伯花妃を信じているのだろう。

「ここに集まる花妃はそれぞれの家を背負っている。その重みはわたくしにもわかります。時には密偵を依頼するような、そのような状況が起こることもわかります。それに、伯花妃が噂《うわさ》を広めたわけではないと珠蘭が証明してくれました。ですからこれ以上はお詫びなど必要ありません」

「……寛大な心に、感謝する」

伯花妃は微笑んでいた。沈花妃に告げたことで気持ちが楽になったのだろう。

だが来訪の目的はこれだけではないようだった。伯花妃は改めて珠蘭を見る。

「もう一つ話がある。これは……沈花妃そして珠蘭にも聞いてもらいたい」

「私でいいのでしょうか」

「ああ。おぬしを信頼している。今話しておけば……いずれ良き方向に進むかもしれない。

そう思ったから、おぬしにも打ち明ける」

伯花妃の表情は一変し、険しくなる。これより語られることが良い話ではないことを示していた。

「我は……いや、私、伯嘉嬌《はくかきょう》は本来はこの後宮に来る者ではなかった。私ではなく姉が来るべきだった」

「わたくしも存じております。当時噂されるほど美しい方であったとか」

「ああ。美しく、品がある、自慢の姉だ。私はいつも大姐《ダージェ》に憧れていた。これよりの伯家を背負うだろうと考え、そのように育てられていた。伯家のものは皆、大姐を入宮させようと考えていた」

大姐とは長女を指す言葉だ。親しみを持ってそのように呼んでいるのだろう。伯花妃は伯家の次女であると聞いている。入宮予定は長女だったのだ。そこで伯花妃は俯《うつむ》き、仮面をじっと見つめた。

「だが、大姐はある日消えてしまった。残されたのは私と兄だけだ」

沈花妃の表情も凍りついている。自身の過去と重なっているのだろう。珠蘭も沈花妃が入宮前に攫《さら》われたことを思い出し、問う。

「それは望んでいなくなったのでしょうか。それとも何者かに？」

「わからない。捜し回ったが、手がかり一つ見つからなかった」

珠蘭はそこで口を閉ざしたが、嫌な予感がしていた。沈花妃の件や、入宮して珊瑚《さんご》花妃となる予定だった娘が消えたことを彷彿《ほうふつ》とさせる。

「……あれ以来、兄は大姐が戻ってくるのを待ち続けている。伯家を背負えるのは私しかいなかった」

今、珠蘭の前にいるのは花妃という仮面を外した、伯嘉嫣という人間だ。だからこそ、俯いた表情には苦しみが浮かんでいる。宮女たちに隠し続けてきた弱さだ。

「今さら後宮を出たいとは思っていない。だが、私は大姐に会いたい。兄だって前を向くことができるだろう」

「……私がそれを聞いても、解決できるとは限りません」

「わかっている。だが、話しておきたかった。これは……珠蘭の話を聞いたからだ。以前おぬしに聞いただろう。兄のために動くことは重荷ではないのかと」

伯花妃は顔をあげ、ふっと小さく微笑んだ。その微笑みは珠蘭に向けられている。

「私は重たくて仕方ない。大姐ではなく私が、伯家を背負うなど重すぎる」

「そんな……」

「私はこの後宮が、宮女や他の花妃などの集まるこの場所が好きだ。おぬしと同じように、ここがより良き場所になるよう努めたい。でも伯家というしがらみは私を縛り続ける」

苦しげな声に、伯嘉嫣という人間の葛藤がにじみ出ている。

瑪瑙宮に密偵を送ったことも望まぬことだったのだろう。沈花妃や珠蘭への信頼を裏切ることにもなる。だが、伯家を背負う者として、不死帝が沈花妃を寵愛《ちょうあい》する可能性がある以上探りを入れなければならない。後宮をより良き場所にしたいと願う心と伯家という重責がせめぎ合っていたのだろう。

「大姐に会えたとしても、私が伯家を背負うことは変わらない。けれど、この身にのし掛かるものが変わるような気がしている」

「……伯花妃」

珠蘭は固く、拳を握りしめた。伯花妃が抱えているものを、このように明かしているのだ。できることならば、伯花妃の願いを叶《かな》えたい。

必ず会えると断言することはできない。だが、この件は瑠璃《るり》宮の耳に入れても良いだろう。劉帆や海真が追っている失踪事件と関わりがあるかもしれない。

（劉帆に相談……）

と考えたところで、先ほどのことを思い出した。だが、躊躇《ためら》っている場合ではない。劉帆に会い、この件について相談したい。

「この件を瑠璃宮に伝えても良いでしょうか。解決できるとは限りませんが、少々気になることがあります」

「構わぬ。話すというのは劉帆だろう？」

劉帆を思い浮かべたことを言い当てられたような心地で、珠蘭は瞳を見開いた。

これに伯花妃はくつくつと笑っている。見れば沈花妃もにっこりと微笑んでいた。

「それぐらい、見ていたらわかる」

「二人は仲が良いですからね」

「招華祭でも劉帆はよく珠蘭を見ていた。あの場で劉帆が声をあげなければ、沈花妃は発言する機会を逃していたかもしれぬぞ」

「そ、そうでしょうか……」

「こういったことは当人が気づかぬというからな。劉帆もわかりやすい。まあ、深くは聞かぬが」

伯花妃と沈花妃はからかうように言う。これに珠蘭が狼狽《うろた》えていることも二人にとっては面白いのだろう。

「私はおぬしを信頼している。この話を誰に伝えるかはおぬしの判断に任せよう。詳細な話は私よりも兄の方が詳しいからな。珠蘭と劉帆で兄に会いに行くと良い。手はずはこちらで整えよう」

その話が終わると、伯花妃は翡翠仮面をつけた。伯嘉嫣から伯花妃へと戻ったのだ。眦《まなじり》にあった涙も宮女たちは知らないことだろう。

「我は翡翠宮に戻る。沈花妃そして珠蘭、何かあればいつでも翡翠宮に来るがよい」

部屋を去っていく背はいつも通りの、完璧な翡翠宮の主《あるじ》だ。胸のうちに秘める弱さは、翡翠仮面に覆われ、見えなくなった。

＊＊＊

そうして数日が経《た》ち、珠蘭は霞正城の外に出た。行き先は伯家の屋敷《やしき》である。霞正城を出る許可など全ての手はずを伯花妃が整えてくれた。伯家の屋敷は都にあるためそう遠くはない。

珠蘭の胸中は複雑だった。というのも隣に劉帆がいるためである。

(あれから、顔を合わせてもいつも通りだけれど)

瑠璃宮に行って伯花妃の件を伝えるも劉帆は不在だったため、海真に言伝《ことづて》を頼む形となった。さらに出発となった今日まで顔を合わせる機会はなかったのだ。どうにも気まずい。心には靄《もや》が広がったままである。

「珠蘭」

「は、はいっ」

急に呼びかけられ、返答は上擦ったものになってしまう。これに劉帆は苦笑していた。

「そんなに緊張しなくともよいだろう。せっかく霞正城を出たというのにぼんやりしているぞ」

「だ、大丈夫……です」

劉帆の顔を直視できない。どんな顔をしていれば良いかもわからない。

（黒宮でのことを話したいけれど……難しい）

ちらりと様子を窺《うかが》えば、劉帆はいつも通りどころか、霞正城を出た解放感からか、鼻歌まじりでご機嫌な様子だ。

どう切り出せば良いのか難しい。

悶々《もんもん》としているうちに、珠蘭たちは伯家の屋敷に着いた。門扉《もんぴ》に一人の男性が待っていた。彼は珠蘭たちに気づくなり、手を前に組んで、礼をする。

「お越しいただきありがとうございます。妹より話は聞いております」

すらりと背が高く、だが頬は痩せこけている。顔色も悪い。伯花妃が言っていた兄だと思われるが、疲れている顔つきから老けてみえる。

兄に案内され屋敷の中に入る。名門伯家の屋敷は、霞正城にはやや劣るものの、目を見張る豪奢《ごうしゃ》なものであった。特に庭園は美しい。曲廊の透かし窓から見える景色は林の中にいるかのようで、立派な池もある。その中で珠蘭の目を引いたのは金桂《キンモクセイ》だった。

(いくつも植えられ、手入れもされている。金桂が好きなのだろうな)

金桂は成長が早く、定期的な手入れが必要だと聞いたことがある。植えられている金桂はどれも手入れがされているようだった。

「このようなところまで来ていただくなど、妹が無理を言って申し訳ありません」

「いえいえ。こちらも話を伺いたいと思っていましたので」

「我らが大姐の話でしたね――ではこちらへ」

客間に通され、珠蘭たちは椅子に腰掛ける。まもなくして使用人が茶を運んできた。香茶だ。翡翠《ひすい》宮で出たものと同じく、茉莉花《ジャスミン》を使っているらしい。芳醇《ほうじゅん》な香りが客間に広がる。

(伯花妃の兄様も使用人も、皆沈んだ顔をしている)

屋敷の美しさが虚しくなるほど、皆の表情が暗い。屋敷の中も静かだ。

その中でもひときわ、疲労が顔ににじみ出ているのは伯花妃の兄だ。彼は珠蘭の表情から察したらしく苦笑する。

「想像していたよりも、この屋敷は寂しいでしょう？」

「いえ、そんなことは……」

「ここに住む私たちはわかっています。大姐を失ってからというもの、この家は静かになってしまった。大姐はそれほど、私たちにとって太陽のようなものでしたから」

沈痛な声音から、それほどに大姐のことを思っていたのだと伝わってくる。このように兄が沈んでいるのだ、伯花妃が語った通り伯家については全て彼女が背負っていたのだろう。

（家族の代わりに、か）

伯花妃が背負うものの重たさに触れているようだ。

「大姐は、伯家の宝でした。その美しさは永霞《えいか》の玉《ぎょく》と讃《たた》えられ、霞でも有名であったと聞きます」

「永霞の玉……」

劉帆と郭宝凱《かくほうがい》が話していたことを思い出し、珠蘭は劉帆の様子を確かめる。劉帆は、伯花妃の姉が永霞の玉と讃えられていたことを知っていたらしく驚きがない。

「永霞の玉が消えた件について、僕も調べようとしていたところでした。ですから、このようにお話をいただけて助かりますよ」

「幼い頃から大姐《ダージェ》の美貌は周囲を騒がせていました。良き年頃になれば入宮とお話をいただき、我ら伯家もそのつもりでいました。大姐にはそのように教育を施し、私や妹も入宮するだろう大姐の支援ができるよう、準備を進めていました。ですが——」

そこで伯花妃の兄は俯いた。表情もより暗くなっている。

「嵐の日です。我が屋敷は不審な者たちに襲われました。金品は漁《あさ》られず、目的は大姐でした。私たちは大姐を守ろうとしましたが……この通りです。大姐を庇《かば》った母や使用人は殺され、私と父は怪我《けが》を負った。今もこの耳には、連れ去られる前の大姐の悲鳴が残っています」

「……お姉さんは連れて行かれたのですね」

「ええ。その後周囲に聞き込みを行いましたが、大姐がどこに連れて行かれたのかはわかりません」

伯花妃の兄は香茶に手をつけようとはしなかった。膝に乗せた手には生々しい傷痕が残っている。もしかすると不審者たちと対峙《たいじ》した時の傷かもしれない。

「このような話をするのは気が引けますが……お姉さんが後宮に上がりたくないため、不審者たちに襲われるのを装って逃げ出したというのは？」

劉帆の問いに、伯花妃の兄は首を横に振った。

「私も考えましたが、可能性は限りなく低いでしょう。大姐は後宮に入ることを望んでいた。伯家のために、そして嘉嫣のためにと話していました」

「伯花妃のために？」

「大姐が入宮して花妃となれば、その妹である嘉嫣にも箔《はく》が付きます。大姐が入宮した後、嘉嫣の縁談を進めるつもりでした。大姐も嘉嫣の縁談が進むことを誰よりも願っていましたから」

「縁談ということは……その話はもう無くなったのですよね。伯花妃は納得しているのでしょうか」

「どうでしょう。ただ、大姐の代わりに入宮すると言い出したのは嘉嫣です。代々花妃を輩出している伯家としては、嘉嫣が申し出てくれたことは幸いでした」

珠蘭の頭に思い浮かぶのは、想《おも》い人を引き入れていた呂《りょ》花妃に対し、伯花妃はその心に寄り添うような優しさを見せた時のことだ。呂花妃に寛大な沙汰が下されたのも伯花妃が手を回したと聞いている。その理由がわかったような気がした。

「……私はまだ諦めていません」

伯花妃の兄は両手を固く組み、宣言するかのように力強く言った。

「大姐はきっと生きている。ただ会いたい。大姐に会いたいのです」

それは悲痛な願いだ。珠蘭、そして劉帆も、かける言葉が見つからず俯《うつむ》くのみ。

その後は大姐が使っていたという部屋を見せてもらうなどしたが、有力な手がかりは得られなかった。屋敷は悲しくなるほど、寂寥《せきりょう》に沈んでいる。

再び曲廊を歩く。珠蘭はまたしても金桂を見つめていた。これに劉帆も気づき、金桂を見やる。

「よく手入れされている金桂ですね。できることなら秋に来てみたかった」

劉帆が言うと、先を歩いていた伯花妃の兄が足を止めた。

「嘉嬙が好んでいたのですよ。この花の香りは独特でしょう。嘉嬙は香りの強いものを好むようで」

「そういえば翡翠宮でも香茶がよく出てきます」

「ああ、あれも嘉嬙が好んでいましたからね。大姐と一緒に香茶を飲んだり、金桂を愛《め》でたりしていたものです」

庭を見やり、目を細める。伯花妃の兄はそこに別のものを見ているようだった。

「秋になると、姉妹並んで金桂の花を集めるのです。籠にたくさん摘んで、それを宙にばらまく。最後には大姐が嘉嬙の髪についた金桂の花を取ってあげていた。私はそれを遠くから眺め、くだらないことをしていると笑ったものです」

その瞳には、昔の光景が蘇《よみがえ》っているのだろう。だが一度瞼《まぶた》を伏せれば、その瞳は悲しみの色に切り替わっていた。

（金桂……）

そこで波音が聞こえたような気がした。引っかかるものがある。稀色《まれいろ》の瞳に焼き付いた記憶が珠蘭を呼んでいる。

それは、望州《ぼうしゅう》の壕《ごう》で見つけた手巾《しゅきん》だ。馮慧佳《けいか》が腰掛けていた椅子に残されていた。

(『助けて』の文字ばかり気にしていたけれど……違う)

呼び起こされる記憶。あの日の壕が鮮明に思い出される。馮慧佳が腰掛けていた椅子。そこに残されていた手巾。『助けて』と残された文字。そして手巾にあった刺繍《ししゅう》。

(心を欠いた馮慧佳が刺繍していたのは……金桂の花だった)

珠蘭は瞳を開いた。伯家の者たちは姉を慕い、親しみを込めて大姐と呼ぶ。そのことに気をとられ、大事なことを聞いていない。

「あの、伯花妃のお姉様は慧佳という名ではありませんか」

問うと、まず劉帆が驚いた。

「君、ここまで名も知らずに話を聞いていたのかい？」

「聞くのを忘れていまして……」

これに伯花妃の兄は苦笑し、それから告げた。

「そうだよ。私たちの大事な大姐。その名は伯慧佳だ」

伯家の屋敷を出ても、珠蘭は悩んでいた。伯花妃の姉の名が引っかかっている。

(興翼のお姉さんと同じ名前……これは偶然ではないように思えるけれど……)

思い当たるのは馮慧佳だ。だが興翼は彼女を姉だと語っている。もしも珠蘭の想像通りに、あの人物が伯慧佳なのだとしたら、興翼は騙《かた》っていることになる。

(興翼は……何者なのだろう)

興翼と出会った望州の聚落《しゅうらく》にも、今は良《い》い印象がない。改めて興翼という人間に怪しさを感じている。

思案に暮れていると、先を歩いていた劉帆が立ち止まった。

「……悩みごと?」

その言葉が気にかかり、珠蘭も足を止めて見上げる。

視線が交差する。霞正城を出てからというもの、こうしてまともに劉帆の顔を見ていなかった。瞬間、忘れていた罪悪感が頭をもたげる。

(そうだ。黒宮でのことも劉帆に話さないと。誤解をされたくない)

自然と、そう考えていた。しかしすぐに、自分の思考が不思議になる。

(誤解をされたくない? なぜそんな風に考えてしまったのだろう)

考えてもわからない。とにかく劉帆に話さなければと気持ちが急《せ》く。

「あ、あの」

「君が話そうとしているのは、黒宮でのことかな?」

「……はい。その通り、です」

ぴしりと言い当てられ、息巻いていた珠蘭の語尾は弱くなる。劉帆はなぜか微笑《ほほえ》んでいたが、構わず珠蘭は告げる。

「あれは興翼に話があると呼び出されたのです。ですが、その……あのようなことをされるとは思わず……」

「うんうん。君は、僕に気づくと逃げ出していたねえ」

「劉帆に見られてしまったと思ったら悲しくなって逃げ出していました」

想像に反して、なぜか劉帆は動じていない。終始、落ち着いた様子である。

「どうして僕に見られたくなかったと？」

「……わかりません。ですが劉帆にだけは見られたくなかったと考えていました」

「あのように抱きしめられていたのだから興翼は君のことが好きなのだろう。君はどうなんだ？」

「私は――」

興翼が語る『好き』が恋慕の類いであると聞かされても、珠蘭の心が動くことはない。

それよりも劉帆のことばかり考えていた。

「興翼の気持ちには応えられません」

「ふうん。なーるほど。ふんふん」

するとなぜか、劉帆がわしわしと珠蘭の頭を撫《な》でた。いつものように優しく撫でるのではない。髪がぐしゃぐしゃになってしまいそうだ。

「な、何をするんですか!?」

「いや。少々可愛《かわい》かったものでね」

「意味がわかりません！」

「君もそのように悩んだり、焦ったりするのだなと思ったら、ほら可愛いじゃないか」

だからといって頭を乱雑に撫でるのは納得がいかない。どう受けとめたらよいかわからず複雑な表情をする珠蘭に、劉帆は宥《なだ》めるように優しく声をかけた。

「大丈夫だよ。君のことを信じていたから。それに、君を見ていたからわかった」

「私を見ていた？」

「随分と困惑した様子だなあと思った。僕が抱きしめた時の君は、頬を赤らめ、大人しくしていたというのに」

「そ、そうでしょうか……」

「とはいえ、少々妬《や》けた。君を信じているけれど、あのような場面を見るのはなかなか精神的によろしくないねえ」

言葉にされるとなかなかに恥ずかしいものがある。果たしてその時の珠蘭がどのような様子であったのか今ではわかりようもない。

「その興翼のことで話があります」

珠蘭が言うと、劉帆の手が離れていった。表情も真剣なものになる。

「興翼が秘密を抱えているような気がします。黒宮で話した時、私に『霞正城から離れろ』と告げていました。なぜそのようなことを言ったのかはわかりませんが」

そこで劉帆の表情は曇った。

「興翼はよくわからんな。君と興翼は望州で会っているらしいが、あいつは何者だ」

「私も疑問に思っています。前に話した興翼のお姉様という方も――」

珠蘭がそう言いかけた時だった。道の先に、見覚えのある女性がいた。それが視界に入るなり、きんと頭が痛くなる。急かすように、波音が聞こえる。あの者に見覚えがあると珠蘭の記憶が叫んでいる。

「……馮慧佳」

珠蘭はその名を呟《つぶや》いていた。

虚《うつ》ろな顔をした馮慧佳の両隣には、慧佳を守るかのように男たちがぴたりとついている。

（あれは……興翼ではない。でも興翼に似ている？）

興翼とは背格好が違う。だが、その顔は興翼と似た雰囲気がある。彼らはこちらに気づかず、そのまま歩いていく。

（今追いかけても間に合わない。馮慧佳はどこに行くのだろう）

珠蘭がじっと見つめていることに劉帆も気づいたらしい。彼も遠ざかっていく馮慧佳を目で追う。

「興翼の姉、と言っていたね。あの人がそうだと？」

「はい、壕で会いました。その方の名前は馮慧佳」

「なるほど。だから君は、伯慧佳の名前を確かめていたのか」

同じ名であることに劉帆も違和感を抱いたらしい。

「君は彼女を追いかけたいのだろうが、今はやめよう。人数的に敵《かな》わない。それならば興翼に確かめるべきだ」

「劉帆は、永霞の玉が伯慧佳であり伯花妃のお姉様であることを知っていたのですね」

「永霞の玉、伯慧佳はその美貌で名が知れ渡っていたからね。僕はずっと霞正城にいたから、こういった話は特に耳に入ってきた。いずれ花妃となるだろうと噂《うわさ》されていたよ」

「では既に調べていたのでしょうか」

「過去に瑠璃宮が動いたこともある。けれど、伯花妃は調査に協力的でなかった。おそらくは霞正城や瑠璃宮のことを信じられなかったのだろう。犯人は瑠璃宮にいると考えていたのかもしれない」

伯花妃にとって大事な姉が失われているのだ。警戒心が強くなるのも頷《うなず》ける。姉を奪った者が誰かわからず、霞正城を信じることができなかったとしても仕方のないことだ。

「だから、伯花妃は珠蘭に打ち明けたんだろう。君が伯花妃の心を動かした」

ならばなおさら、伯花妃の願いを叶《かな》えたい。

（もしも、興翼のお姉様が伯慧佳ならば……伯花妃の願いは叶えられる）

気づけば、歩みが急いていた。早く戻り、興翼と会う。その一心で霞正城を目指す。

だが、後宮に戻った珠蘭の期待は裏切られることになる。

瑠璃宮に集うは海真と史明《しめい》に、郭宝凱であるが、それぞれが深刻な顔をしている。その違和感の正体はすぐに明かされた。

「興翼がいなくなった」

海真が切り出す。その言葉に、珠蘭の目は丸くなった。

「珠蘭たちが霞正城を出ている間に、真珠宮の宿花妃が劉帆を呼んだんだ。だが劉帆はいなかっただろう。だから代わりに興翼が向かった」

「その途中で、いなくなったと？」

「ああ。再び真珠宮の宮女がきて発覚した。俺も真珠宮に向かったけれど、興翼は見つからない。今も衛士に頼んで捜しているが見つかっていない」

これに劉帆が頭を抱えた。「最悪だね」と呟き、海真に問う。

「自らいなくなったのか、誰かに連れ去られたのか。それは判明した？」

「わからない。不審者の目撃情報はないから、自らいなくなった可能性が高いと考えている」

急いで興翼から話を聞こうと考えていた珠蘭にとって、最悪の展開だった。

(興翼は……自ら姿を消したのかもしれない)

確証はないものの、珠蘭はそう予感していた。黒宮での興翼の話は切羽詰まった印象があった。やはり興翼は何か隠していたのではないか。

「六賢《ろくけん》も総力をあげて彼の行方を捜している。あれは不死帝の秘密を知る者だ。どのような形であれ、ここから逃げ出すことは許さぬ」

郭宝凱はそう話した後、深くため息を吐《つ》いた。六賢としても想定外なのだろう。

これに劉帆が問いかける。

「この馮興翼は六賢が選出したのだろう?」

「うむ。六賢の総意で不死帝候補を捜していたが、馮興翼を連れてきたのは于程業《うていぎょう》だ」

興翼が向かったという真珠宮に、興翼を見いだした于程業。

(嫌な繋《つな》がりだ)

だが、これは良い手がかりとなった。

(考えろ。きっと気づけるはず。何かあるはず)

珠蘭の思考は巡る。宿花妃、于程業、興翼、望州にあった斗堯《とぎょう》国の言葉。瞳を閉じ、これまで見てきた記憶を辿《たど》りながら、散っていた点を結びつけていく。

集中力を高める時、いつも思い浮かべるのは望州の海だ。飽きるほど眺めたあの海には様々なものが隠されていた。壕《ごう》にいたままだったならば、白波に覆い隠された秘密に気づくことができなかっただろう。

記憶を辿り、結びつける。

海の底にあるものを探るように。

隠されているものを探るように。

「……では、我はそろそろ戻ろう」

郭宝凱が立ち上がる。それと同時に珠蘭は瞳を開いた。

「待ってください」

声をあげると皆の視線が珠蘭に集まった。それに臆せず、稀色の瞳は語る。

「私の予想が合っているのなら、興翼は戻らないと思います。おそらく彼は――」

＊＊＊

衛士による興翼の捜索は続くも、見つかったとの報《しら》せはない。だが、どれほど手を尽くしたとしても見つかることがないだろう。珠蘭は、興翼が自ら姿を隠したと考えている。

六賢でも、郭宝凱が于程業を問い詰めたようだが、于程業はのらりくらりとかわしているらしい。苑月《えんげつ》派の内部で揉《も》めたとなれば、劉帆排除派の者たちにつけいる隙を与えることになる。表だって手程業を批難することはできず、郭宝凱はもどかしそうにしていた。

進展しないままだった夜に、それは訪れた。

寝付けず、宮女室の天井を睨《ね》めつけていた珠蘭は、物音に気づいて身を起こした。

うっすらと開いた扉からぬるりと人影が入りこむ。

扉は閉められ、再び室内は暗くなるも、すぐに目が慣れた。ぼんやりとその者の表情を映し出す。珠蘭は動じることなく、その人影に声をかけた。

「……興翼ですね」

言い当てると、興翼は苦笑していた。

「驚かねえのか」

「迎えに行く、と言っていたので、いつか会いにくるのだろうと思っていました」

それは興翼が言っていたことだ。迎えに行く。その言葉が引っかかり、珠蘭は興翼が自ら姿を消したのだと考えていた。あの時の興翼は、いなくなる前提で話していたように思われる。

興翼は珠蘭に迫る。珠蘭も、彼が近づいてくるのを逃げずに待っていた。

「瑪瑙《めのう》宮にはたくさんの衛士がいたと思いますが、よく入ってこられましたね」

「色々とやり方があるんだよ。俺を待ってたってことは、ここを出る覚悟をしたんだな？」

「いえ、話がしたくて待っていました――興翼、あなたは斗堯国の方ですね」

興翼の足がぴたりと止まった。

「望州汕豊《さんほう》にある私の聚落は、斗堯国との繋がりがあると疑われています。その地で私はあなたと会った。斗堯国は海神信仰発祥の地ですから、あなたが海神の贄姫に詳しかったことも頷けます」

「……それだけで俺を疑うのか」

「それだけではありません。沈花妃の背にある傷のことです。あの時は兄様が『傷女《きずめ》』と呟きました。聚落で斗堯国の言葉を学んだために読むことができました。興翼は読むことはしませんでしたが、意味を理解しているようでした」

その時、興翼は『ひでぇことしやがる』と話していた。背に傷を刻まれたことで話しているのかと思っていたが、今になれば『傷女』の意味を理解して語っていたのではないか。

珠蘭はこの言葉を聞いても意味がわからなかった。そのため郭宝凱に聞いている。

「于程業に見出《みいだ》されて不死帝候補になったと聞きました。その于程業も、斗堯国の文字を読むことができた……繋がりがあるように思います」

興翼は珠蘭を睨《にら》みつけたまま黙している。肯定も否定もしなかった。

「ここからは推測ですが、興翼には後宮というものを知っていたかのような言動がありました。そして忌み嫌っていた」

「へえ……それで?」

「あなたは斗堯国で後宮を見てきたのではありませんか。だから霞の後宮と比較していた。どのような立場で、どのような目的でここに来ているのかまではわかりませんが」

当たっているのかわからない。興翼と接したこれまでを思い返し、珠蘭はそのように考えただけだ。

だが、興翼はくつくつと笑い出した。

「……恐ろしいな、あんた。やっぱり面倒なやつだ」

ひとしきり笑った後、興翼は短く息を吸いこむ。その瞳はまっすぐに珠蘭を捉えていた。

「これが稀色の瞳ってやつか。あんたの記憶力、怖いな」

「正解ということですね」

「後宮が嫌いなことまで言い当てられちゃな。認めるしかねえだろ――そうだ。俺は斗堯国第三《だいさん》皇子の馮興翼だ」

興翼が斗堯国の後宮を知っているのではないか、とは想定していた。だが皇子だとは思わず、珠蘭の内心は驚いていた。

だがこれで、珠蘭の目的は叶うかもしれない。興翼が立場を認めるのならば、もう一つの謎が解ける。

「それで、俺にどうしてほしいって？　瑠璃宮に俺を突き出すつもりか？」

「いえ。興翼にお願いしたいことがあります」

ここで興翼を待っていたのは、正体を突き止めるためではない。興翼に頼みたいことがあるのだ。

「馮慧佳に会わせてください」

「どうして」

「馮慧佳は……あなたの姉ではない。斗堯国に連れて行かれた伯慧佳」

興翼は眉を顰《ひそ》めた。

「望州汕豊にあった聚落は、霞の人間を斗堯国に送っていた。攫《さら》われた伯慧佳は斗堯国に送られたのだと考えています——そして沈花妃も救出されなければ斗堯国に送られていた。だけど連れて行くことができなくなったから、背に文字を刻んだ。売る価値のない『傷女』という斗堯国の言葉を」

「なるほど。慧佳の正体も気づいてるってわけか。いいよ、会わせてやる」

難航すると思われていたが、興翼はあっさりとしていた。

「あんたの想像通り、慧佳は霞の人間だ。なんで送られてきたのか知らねえが。斗堯王は霞の美人さんが好きだからな、最初は喜んでいたよ。すぐに飽きたけど」

「なぜ、今は霞に戻ってきたのですか？」

「俺たちの案内役として同乗しただけだ。といっても、あいつが自ら希望したんだ。こんな風になるはずじゃなかったけど」

そう言って興翼はため息を吐く。

「逃げ出すつもりだったんだろ。でもうまくいかず途中で舟から飛び降り、俺が追いかけた。そして汕豊に流れ着いたってわけだ。どっちも助かったけど、慧佳は心を欠いてる。髪は真っ白になって、言葉もろくに話せない。案内の役目すら果たせなくなった」

壕で会った慧佳の様子はおかしかった。それは斗堯国に連れ去られたという悲しみと、故郷に戻ろうとしてうまくいかなかった絶望のためだろう。慧佳の胸中を思い、珠蘭は顔を歪《ゆが》める。なんて惨い目にあってきたのか。

「今は都にいる。あの状態だからこっちも持て余してるんだ。だから返してもいい」

「お願いします」

慧佳が生きていたことを知れば、大姐《ダージェ》に会いたいという伯花妃の願いを叶えることができる。伯花妃の兄も喜ぶことだろう。早く会わせたい一心だった。

だが、興翼はそれで終わらなかった。こちらに迫り、珠蘭の腕を掴《つか》み上げる。

「な、何を」

「伯慧佳を返す代わりにあんたを貰《もら》う。前も言っただろ、俺はあんたが気になっている。だから霞正城から連れ出す」

「できません。離してください」

「嫌だ。俺はあんたがいい」

興翼の力は強く、振り払おうとしてもうまくいかない。それどころか珠蘭を連れ出そうとしている。

「俺は後宮が嫌いだ。あんな場所、あんな王、ぜんぶ嫌いで仕方ない。でも、正面から問題に立ち向かおうとする珠蘭みたいなやつがいれば……変わるのかもしれない」

「だから私を連れて行こうとするのですか」

「そう。しかもあんたは海神の贄姫だから都合がいい。斗堯国では海神の贄姫は尊い存在で、王妃になる資格がある。だから俺が連れて帰っても、文句を言うやつはいない」

寝台を摑んで抵抗するも敵《かな》わず、ずるずると引きずられていく。

（怖い。連れて行かれてしまう。誰か――）

瞬間、脳裏に浮かんだのは劉帆の姿だった。珠蘭は叫ぶ。

「劉帆！　助けて！」

「いいから来い」

再度、強く引っ張られ、ついに珠蘭は屈した。

興翼は珠蘭を連れて宮女室を出ようと進んでいく。

「やめて、離して！」

興翼が手をかけるより先に、扉が開いた。

廊下の明かりが暗い宮女室に差しこむ。それは、扉の前に立つ者の影を映していた。

その姿は珠蘭が願っていた者、楊《よう》劉帆だった。

「やはり戻ってきたか」

劉帆は珠蘭の姿を見て状況を判断したらしく、腰に佩《は》いていた刀を抜く。

「ははっ。珠蘭の部屋に忍びこもうとするのは僕だけじゃないようだ。珠蘭は人気だ」

「退《ど》けよ」

「嫌だ。僕は珠蘭に会いにきたからね」

軽い口調で話しているが、劉帆はしっかりと刀を構え、興翼の隙を窺《うかが》っている。

興翼はというと、劉帆の登場に苛立《いらだ》っているのか、表情に焦りが見えた。刀は佩いているが、珠蘭の腕を摑んでいる。仮に刀を鞘《さや》から抜こうとすれば、その隙に劉帆が斬りかかるだろう。後ろは宮女室で、逃げ場はない。劉帆の登場により、興翼は窮地に陥っていた。

「伯慧佳は返す。だから珠蘭は連れて行く」

「もちろん返してもらうさ。でも珠蘭を連れて行くのは僕が許さない」

劉帆は飄々《ひょうひょう》とした顔をしているが、内心では興翼に怒っているのだろう。その感情が拳に伝わり、刀を強く握りしめている。

「何と引き換えにしようが、珠蘭は絶対に渡さない。大切な、失いたくない人だからね」

その言葉が、すとんと珠蘭の胸に落ちていく。心の奥に染みこみ、温かな感情を生む。大切だと言ってくれたことが、何よりも嬉《うれ》しい。それに応えたくなってしまう。急《せ》かされるように珠蘭は口を開く。

「私は行きません。劉帆と共にいます」

「…………」

興翼はまだ諦められないらしく、珠蘭の腕を摑む力は緩むことがない。だが悩んではいるのだろう。悔しげに唇を嚙《か》みしめている。

「このように珠蘭が言っていても連れて行くというのなら……僕は君を斬る」

劉帆が持つ刀は、ぎらりと鈍い光を湛《たた》えている。それは興翼に向けられたまま。

興翼は、劉帆と刀を交互に眺め――ため息を吐《つ》いた。

「わかった。こいつを諦めればいいんだろ」

珠蘭の腕を摑んでいた力も弱まる。珠蘭はすぐに逃げ出し、劉帆のそばに寄った。

「劉帆！」

「無事で何よりだ。君が僕を呼んだ声はしっかりと聞こえていたぞ」

「助けてくれてありがとうございます」

珠蘭は解放されたが、興翼の瞳は諦念に染まっていない。劉帆を挑発的に見つめている。

「俺が戻らないと、伯慧佳は渡せない。この意味がわかるな？」

つまりは興翼を逃がせということである。ここで興翼を捕らえてしまえば伯慧佳を返してもらうことができなくなる。劉帆は興翼を睨み続けていたが、やがて刀を鞘に戻した。

「どうも。理解が早くて助かるよ」

「君が嫌いだよ。二度と会いたくない。だから早く去ってくれ」

「はいはい」

興翼はひらひらと手を振り、宮女室を出る。その背に余裕の色が見えるのは、劉帆が斬りかかることはないと考えているためだろう。

だが、興翼は立ち止まった。

「……なあ、珠蘭」

振り返り、珠蘭を見る。

「あんたの瞳――稀色の瞳が、人が殺される場面を焼き付けてしまったら、どうなるんだろうな」

「人が……殺される場面？」

どくりと心臓が跳ねた。そのような場面を知らない。見たことがない。言い様のない不安がこみ上げ、珠蘭を襲う。

だが、その暗雲はすぐに晴れた。珠蘭を守るかのように劉帆が言う。

「僕がいる」

劉帆は真剣な顔をし、興翼に答える。

「何があっても珠蘭を離さない。近くにいて珠蘭を守る」

「……あっそ。そのような場面が来ないことを願ってるよ」

それ以上、興翼が語りかけることはなかった。背を向けて去っていく。

その間もずっと珠蘭は劉帆のそばにいた。黙したまま、完全に見えなくなるまで興翼の姿を目で追い続ける。

「あとは、興翼が伯慧佳を返してくれるかどうかだねえ」

「大丈夫だと思います」

劉帆の問いかけに、珠蘭はすぐに答えた。

「興翼は、立場や目的が異なるだけで悪い人じゃないと思います。だから返してくれると信じます」

「……そうだね。僕も興翼は悪いやつじゃないと思う。僕も信じているよ」

＊＊＊

数日後、霞正城に報《しら》せが届く。それは伯慧佳が見つかったという報せだった。

春を思わせる暖かな日だった。すっかり冬が終わったような気になるが、一足早く暖かな風が吹くだけの、気まぐれな春だろう。一斉に花が開くのはもう少し先だ。

その日、海真と劉帆が瑪瑙《めのう》宮に来ていた。珠蘭と沈花妃に伯慧佳が見つかったという報せを届けるためである。

「伯家から連絡があってね。屋敷《やしき》の前に、長い白髪の娘が倒れていたらしい。伯花妃の兄によって伯慧佳だと確認された」

海真が言うと、珠蘭の顔はぱっと明るくなった。

「では、お兄様とは会えたんですね」

「ああ。今は意識を取り戻したらしいが、体力的にも精神的にも消耗しているとのことだ。足裏は傷だらけだったと聞く。もしかすると別のところで解放され、自ら屋敷まで来たのかもしれないな」

伯慧佳が戻ってきたと聞き、気になるのは伯花妃のことだ。海真と劉帆は瑪瑙宮に来る前に、翡翠《ひすい》宮に行っていたらしい。既に報告はしてきたのだろう。今度は劉帆が語る。

「伯花妃に話してね、二人の面会も瑠璃宮で叶《かな》うことになったよ。おそらく今日の夕刻以降になるだろうね」

「今晩？　随分と急ですね」

「明日以降の予定だったけど、伯花妃にせがまれたんだ。早く会いたいんだろう。伯家の都合もあって夕刻には伯慧佳を連れてくるそうだ」

「そうですか……でも伯花妃の願いが叶ってよかったです」

あれほど会いたいと話していたのだ。今頃伯花妃はどれほど喜んでいるだろう。

喜ぶ伯花妃の顔が見たい。そう考えている珠蘭の胸中を見抜くように、劉帆がにたりと笑って告げた。

「その伯花妃だが、君に同席してほしいと話していたぞ」

「え？　そのような場面に私が一緒にいて良いのでしょうか」

「今回の功労者は間違いなく君だ。伯慧佳を見つけ出せたのは君のおかげだろう。だから珠蘭も来るようにと、言伝《ことづて》を頼まれた」

すぐに返事をすることはできなかった。姉妹水いらずとなるだろう再会の場面に珠蘭も立ち会って良いのだろうか。ここは遠慮するべきではないか。

さらに海真も告げる。

「それから……今晩、不死帝が瑪瑙宮に渡ることになった」

海真は覚悟を決めているかのように穏やかな表情をしていた。沈花妃としては不死帝に会えることを嬉しく思っているのだろうが、海真が話していることもあり複雑なのだろう。

「沈花妃が会いたがっていることを不死帝に伝えたんだ」

「そう……ですか」

これで三度目。後宮の者たちは沈花妃を寵妃《ちょうひ》として扱うだろう。

(兄様や劉帆はどう考えているのだろう)

瑠璃宮の思惑《おもわく》が気になる。そして沈花妃のことも。

海真の表情から察するに、此度《こたび》のことは劉帆とよく話し合って決めているのだろう。二人の考えに乗るしかない。

「今回は入れ替わりをしないのだろう?」

海真が問うと、沈花妃は頑《かたく》なな表情で頷《うなず》いた。

「ええ。わたくしがお会いします。招華祭でのこともあるので」

「……わかったよ」

そうなれば今日の夕刻からは忙しい。伯花妃は伯慧佳と再会し、沈花妃は不死帝と会う。どちらの様子も気になってしまう。

そこで沈花妃は、悩む珠蘭の背を押すかのように、肩に優しく手を置いた。

「わたくしのことは気にせず、あなたは伯花妃のそばにいてあげて。お姉様に会いたいけれど、不安があるのかもしれない。だからあなたを呼んだのよ。そばにいて伯花妃の、力になってあげて」

「ちなみに僕も同席するぞ。瑠璃宮の代表としてだな」

「あら。劉帆が行くのなら、なおさら珠蘭も行かなければならないわね」

「……わかりました。私も同席します」

伯花妃と伯慧佳の再会は瑠璃宮で行われるという。部外者である伯慧佳を後宮に入れることは良くない。そのため毒花門《どっかもん》を越える手前、瑠璃宮を選んだのだろう。

珠蘭は夕刻、瑠璃宮に行くこととなった。

話し合いは終わり、海真と劉帆は瑪瑙宮を去っていく。珠蘭は二人を見送ると理由をつけ、瑪瑙宮の外までついていった。不死帝の渡御について確かめたいからだ。

「兄様。先ほどの不死帝の渡御についてですが」

瑪瑙宮から離れ、周囲の人々もいなくなったところで問う。海真も、珠蘭がそのことを聞こうとしているとわかっていたのだろう。すぐに頷き、答えた。

「ちゃんと話して決めたことだよ。招華祭でのこともある、ちゃんと沈花妃と話すべきだと考えたんだ」

「三度《みたび》も瑪瑙宮に渡っては、またしても寵妃になると騒がれるのでは」

「その方が良《い》いと、僕も判断したよ」

これは劉帆が言った。

「中途半端な現状では、宿花妃のように沈花妃を貶《おとし》めようとする者が再び現れるかもしれない。だから寵妃だと示した方が良い。寵妃を選出することで伯家が口を出すのではないかと懸念があったけれど……今回の伯慧佳のことで、それは無くなるだろう」

「伯慧佳を見つけ出したのは珠蘭。だけど表向きは瑠璃宮——つまり不死帝ということになる。伯花妃もそれを理解している」

「劉帆は瑠璃宮に残るので、兄様が不死帝として、沈花妃の許《もと》に行くのですよね」

沈花妃は海真と親しい。それが故に、わずかな隙でも見せれば、不死帝が海真であると気づいてしまうのではないか。珠蘭は心配そうに兄を見る。

「俺が行くよ。沈花妃としっかり話してくるつもりだ」

「大丈夫でしょうか……」

「そんなに心配するな」

宥《なだ》めるように微笑《ほほえ》み、海真が珠蘭の頭を撫《な》でる。

「正体がわからないようにうまくやる。だから安心しろ」

子供を扱うかのように頭を撫でられ、それでも珠蘭の不安は拭《ぬぐ》えなかった。

(なんだろう。嫌な予感がする)

兄をじっと見上げる。だがその不安は、海真に伝わる様子がなかった。

海真の手が珠蘭の頭から離れていく。海真は別のものに注視していた。それが気になり、視線の先を追う。

「……あれは」

供を引き連れてやって来る者。それに気づいたのは、海真と珠蘭だけではなかった。劉帆が一歩前に踏み出す。

「珍しいね。真珠宮から出てきたのか」

劉帆は驚いたような顔をして呟《つぶや》いた。こちらに向かってくるのは宿花妃だ。今日も仮面をつけている。

「宿花妃。ご機嫌麗しゅう」

三人は礼の形をとり、宿花妃に挨拶をする。宿花妃は珠蘭を一瞥《いちべつ》したのみで、すぐに劉帆に視線を向けてしまった。まるで珠蘭など気にしていないかのように。

「偶然ね。あなたたちは瑪瑙宮に行ったのかしら」

「ええ。宿花妃はどうしてここに？」

「父から荷物が届いたの。待ちきれないから真珠宮に運び入れる前に見に来たのよ」

遠くを見やれば、毒花門に荷車が止まっている。瑠璃宮での検査を終えて後宮にきたばかりだろう大きな荷箱がいくつもある。宦官《かんがん》や宮女が数名がかりで荷箱を運んでいた。

(瑪瑙宮に届く数よりも多い……それに荷箱も大きく、運ぶ人も重そうだ)

寵妃になると目されていることから瑪瑙宮に贈り物は多く届くが、真珠宮に運び入れる荷箱の数はそれを超えている。さらに数人で運ぶほどの重そうな箱もあった。

「おやおや。これはまた贅沢《ぜいたく》な」

「最近は父もわたくしを心配しているようで、色々と贈ってくださるのよ」

甘えたような声を出し、宿花妃は劉帆に迫る。

「だって真珠宮に閉じこもっていてもつまらないわ。あんなにも劉帆を呼んだのに、どうして来てくれないのかしら」

「これはすみません。最近はどうにも忙しいもので」

「わたくし、ずっと待っているのよ。あなたが来てくれないと楽しくないの」

宿花妃はそう言って、劉帆の腕を取ろうとする。腕に絡みつこうと考えていたのだろう。だが、それを予見していたかのように、劉帆がするりと逃げた。

「な……どうして逃げるのよ」

「おっと、すみません。実のところこのように抱きつかれては歩きにくくて困っていたんです。いつ打ち明けようかと悩んでいたのですが」

「わたくしに逆らうということ？　約束を覚えていないのかしら」

仮面に覆われていない口元は怒りに満ちていた。劉帆に悪意を向けていることがひしひしと伝わってくる。宿花妃がこのように劉帆に対しても感情を向けてくることを知らなかった珠蘭は、それに驚くことしかできなかった。

「……覚えていますよ。外に出ればあなたを慕う。その代わりに、真珠宮にある様々な宝飾を見せていただく話でしたね」

「そうよ。ここがどこだかわかっているでしょう。そのように逆らうのならば、大鏡も毛皮も、父から贈っていただいたあらゆる宝飾を見せてあげられないわね」

「うーん。そうですねえ。たくさん見せていただきました——ですが、もう必要はないんです。あなたと斗堯国の繋《つな》がりがわかりましたから」

笑みを浮かべ淡々としているが、その口から語られるものは恐ろしい。

「斗堯国？　あなたは何を言っているのかしら」

「宿家は斗堯国との交易権を持っていますが、実際は霞に届けていない交易品がありました。僕も確認していますよ。そして、あなたが頻繁にやりとりをしていた文もありましたね。すぐ燃やしてしまうのでなかなか証拠が得られませんでしたが、文の相手は于程業だったのでは？」

「……っ、それは……」

「あなたが後宮に送られたのは、宿家が于程業とやりとりをするため。でもあなたの目的は別なんですよね。そばに置く者を——」

そこまでを言いかけた時、宿花妃が腕を振り上げた。劉帆の頬を叩《たた》こうとしているのだろう。だが、その手は振り下ろされる前に、海真が摑《つか》んで止めた。

「……そのように宦官を叩くのは感心しません」

「くっ……」

「以前であれば叩かれても耐えましたけどね。真珠宮を調べる目的がありましたから」

劉帆は宿花妃の前に立ち、冷ややかに告げる。これまでの怒りが込められた声だ。

「僕は瑠璃宮の宦官であなたの道具ではない。何をされても我慢してそばにいる必要は無くなりました」

宿花妃は歯がみし、それから海真の腕を振り払った。

そしてきつく、珠蘭を睨《にら》みつける。

「董珠蘭……あなたはいつだってわたくしの邪魔をする。劉帆のことだってあなたが懐柔したのでしょう」

「懐柔などしていません」

反論するも宿花妃は聞き耳を持たず、珠蘭に迫った。

「わたくしはあなたを許さない。あなたがわたくしを貶めたように、わたくしはあなたの大切なものを奪ってやる」

憎しみだけで作られた、呪いの言葉だ。背筋がぞっとする。だが臆してはならないと、珠蘭も宿花妃を睨み返した。

宿花妃は背を向け、去っていく。

「宿花妃は……激しい気性の方だったのですね」

「二面性があるのさ。彼女が君に言ったことは気にしなくていい」

劉帆は苦笑している。その視線は、去りゆく宿花妃に向けられたままだ。

宿花妃はというとまだ苛立《いらだ》ちが残っているのか、引き連れてきた宮女の頬を叩いていた。頬を叩かれた宮女はその場に座りこんでいる。だが宿花妃は振り返りもせず、宮女を置いたまま歩き出す。

「あれもいつものことだ。真珠宮の中はいつも荒れている。美しいのは外にいる時だけで、真珠宮では宿花妃の思うがままだ」

「あの宮女が可哀想《かわいそう》です」

「宮女だけではないよ。いい顔をして瑠璃宮の宦官を引き込み、うまい条件をつけて、外では従わせる。特に見目麗しい宦官は好まれてね。まあ、僕のことなんだけど」

劉帆は「はっはっは」と得意げに笑っているが、珠蘭や海真としては笑える話ではない。

「真珠宮の宮女はどうして逆らわないんだ？」

「逆らえないのさ。宿花妃は自分よりも容姿の劣った娘のみを選んで宮女にしている。その劣等感を煽《あお》るように暴言を放ち、時には宿家の権力を振りかざす。つまるところ、自分が一番でいたいのだろう。容姿には自信があるようだから」

宿花妃は確かに美しい。自らよりも容姿の劣った宮女を引き連れていれば、宿花妃の美しさは際立って見える。さらに取り巻きのように自らの周りにいる宦官は、美しく、皆が宿花妃を慕うかのように動く。

「……理解できません」

珠蘭は呟いた。宿花妃の取る行動はどれも理解し難《がた》い。そうまでして得る美しさとは何だろう。たとえ見目麗しくとも、心は美しくない。

「僕もそう思うよ。だから解放されて心が楽だ」

「ところで、文の相手が于程業ではないかと話していましたね」

「あれはね、宿花妃がすぐに燃やしてしまうから確証を得られなかったんだ。相手は要職の者かと睨んでいたが、招華祭で于程業の可能性が高いと思ったんだ。だから先ほど宿花妃に言ってみたが、あの反応から見るに当たっているようだね」

「早く于程業や宿花妃の企《たくら》みを曝くことができれば良いのですが」

「于程業と宿花妃の繋がりは証拠がない。于程業と斗堯国の繋がりも確たる証拠がないから難しい。でも郭宝凱が準備を進めているからね、うまく行くことを願おう」

宿花妃についても于程業についても、物的証拠は得られていない。そのため簡単には動けぬのがもどかしい。だが于程業を六賢の座から落とすことはできるかもしれないと郭宝凱は動いている。六賢のことは郭宝凱に任せた方がよいとの考えだ。

(そういえば最近は郭宝凱に会っていない)

忙しいのだろうとはわかっている。だが、『霞を託そう』と話していたことが頭から離れない。時間が許すのならもう一度会い、あの言葉の意味を聞いてみたいところだ。

珠蘭はもう一度、宿花妃が消えた方を見やる。頬を叩かれていた宮女はその場に座りこんで泣いていたが、別の宮女に支えられ、宿花妃を追いかけていった。

陽は沈み、夕刻となる。不死帝の渡御は正式に報《しら》され、瑪瑙《めのう》宮は慌ただしく、不死帝を迎え入れる準備をしていた。だが珠蘭は翡翠《ひすい》宮にいた。伯花妃を迎えにいくためである。

珠蘭と顔を合わせるなり、伯花妃は言った。

「不死帝が瑪瑙宮に行くらしいな」

だが伯花妃の表情に焦りは見られない。

「我が大姐《ダージェ》と会うことは非公式のことだ。大姐が見つかったことはまだ知られていない。何があったのか聞いても語れぬほどひどい状況だと聞いている」

「私が会った時も心を失ったかのように虚《うつ》ろでした」

「それほどひどい目にあったのだろう……大姐が不憫《ふびん》でならぬ」

伯花妃が瑠璃宮に行く理由をほとんどの者は知らない。今宵《こよい》は不死帝が瑪瑙宮に行くこともあり、後宮の話題はそちらに向いていた。だからこそ伯花妃は瑠璃宮に行きやすいとも言える。

「……大姐は、私を覚えているだろうか」

悲しげに呟く伯花妃の手は震えていた。あれほど待ち望んだ再会とはいえ、会うのが怖いのだろう。

珠蘭はその手を優しく握りしめた。そうすることで少しでも伯花妃の不安が無くなればいい。

予定していた刻限になり、瑠璃宮に向かう。まもなくして不死帝も出るらしく瑠璃宮は騒がしい。史明や海真の姿を見かけないまま、予定していた部屋に通される。そこでは既に劉帆が待っていた。

「伯慧佳は既に到着しているからね。連れてくるよ」

そう言って劉帆は伯慧佳を呼びにいく。

伯花妃は仮面を外していた。顔つきは強張《こわば》り、そわそわと落ち着かない様子であった。伯花妃としての威厳はなく、ここにいるのは伯嘉嬌という一人の人間だ。

(……瑠璃宮が静かになった)

部屋の外から聞こえていた喧騒《けんそう》が静かになった。刻限からして、不死帝が瑪瑙宮に向かったのだろう。静かな瑠璃宮というのもなかなか落ち着かない。

そして待っていると——扉が開かれた。

劉帆と伯花妃の兄に挟まれるようにして現れたのは、真っ白な長髪が目立つ伯慧佳である。瞬間、伯嘉嬌は弾《はじ》かれたように叫んだ。

「大姐……!」

だが、伯慧佳は虚ろな瞳をしていた。ぼんやりと宙を見つめている。劉帆らに促され、ようやく椅子に腰掛けた。

「大姐。私です。嘉嬙です。わかりますか」

「…………」

「ああ、こんな姿になって……あのように美しかった黒髪もこんなに白く……」

髪だけではない。その体は痩せ細り、弱っている。伯嘉嬙はその手を取ると、労《いたわ》るように優しく撫《な》でた。

「……大姐。ずっとお会いしたかった。あの日からずっと後悔をしていました。攫《さら》われたのがなぜ大姐だったのか。私が身代わりになればよかった」

「…………」

ぴくり、と白い指先が動いた。

虚ろな瞳は動き、伯嘉嬙の姿を捉える。それでもまだ言葉を発しようとはしなかった。

「ずっと待っていました。いつ戻ってきても良いように、金桂《キンモクセイ》はそのままにしてあります。秋になればまた共に花を集めましょう。私の髪についた花を取ってくれたではありませんか」

「金桂……」

乾いた唇は金桂の名を呟《つぶや》く。姉妹の間にある思い出は少しずつ伯慧佳を動かそうとしていた。閉ざされていた心に染みこんでいく。

そして。

瞳に光が灯《とも》る。

「……嘉嬌！」

伯慧佳の瞳が見開かれた。正気を取り戻したのだ。

「どうして。わたしはどうしてここに」

「大姐、落ち着いてください。ここは霞です。大姐は戻ってきたのです」

「霞？　わたしは戻ってきたの？　ああ、それよりも嘉嬌、あなたに話さなくては。斗堯国が……斗堯国の者が来ている」

「とぎょうこく？　大姐は一体何を――」

「わたしは舟に乗せられて、斗堯国の地に連れて行かれた。わたしだけではないわ、他にも美しい娘がいた」

嘉嬌は斗堯国のことを知らない。混乱するのも仕方のないことだ。だがゆっくりと話す間はない。嘉嬌の代わりに珠蘭が問う。

「誰があなたを攫ったのか、わかりますか？」

「わからない。けれど『永霞の玉が消えたら、黎儀《れいぎ》様が一番になる』と話していた」

黎儀とは誰かの名だろう。だが聞いた覚えがない。

しかし劉帆は思い当たるものがあるようで、忌々しげに呟いた。

「宿黎儀……宿花妃だ」

「っ……となれば、攫ったのは宿家と関わりのあるもの？」

「可能性がある。永霞の玉と讃《たた》えられた伯慧佳はもちろんのこと、沈花妃や珊瑚《さんご》花妃として入宮予定だった娘も容姿に優れている。襲われたのは皆、美しい娘ばかりだ」

ようやく失踪事件と宿家の繋《つな》がりが明らかになった。

（美しい娘を排除すれば自分が一番になれるから……？　そんな理由で人を攫い、苦しめてきたというの？）

宿花妃の動機が少しずつ見えてくる。だがそれは、やはり理解できぬものである。

「斗堯国の皇子たちがこの国を狙っている。彼らは霞に潜んで不死帝を探り、霞を奪おうと考えている。だから嘉嫣、逃げて。今すぐここから、霞正城から逃げるの」

慧佳は髪を振り乱しながら、伯嘉嫣に詰め寄る。何かを恐れ、焦っているかのように。

だが伯嘉嫣は呆然としていた。斗堯国についてはもちろん、慧佳が語るものが理解できていない。逃げるよう迫られて肩を揺らされるも、困惑したままだ。

「霞を狙っているとは……どういうことでしょう。何かが起こるのでしょうか？」

珠蘭が問う。慧佳は再びこちらを向いた。

「わたしは聞いてしまったの。彼らは荷に紛れて後宮に入りこみ、真珠宮に潜んでいる」

「真珠宮……宿花妃が斗堯国の者を引き入れているのか！」

目を見開いて叫んだのは劉帆だ。

珠蘭も、真珠宮にいくつもの荷を運ぼうとしているのを見ていた。毒花門を越えていたことから瑠璃宮での検査を終えているのだと思っていたが、その荷に紛れているということは、瑠璃宮内部にも内通者がいるのだろう。

「霞は不死帝に守られし国だ。斗堯国は霞を恐れていないのか」

「恐れていたのよ。だから手を出せなかった。けれど……斗堯国の皇子が不死帝の秘密を知ったらしいの。だから、この計画が始まってしまった」

(あの時、私は荷が運ばれていくのを見ていたのに……どうして気づかなかったのだろう。それに興翼だって『霞正城から離れろ』と忠告していた)

劉帆の肩は怒りと焦りによって震えていた。廊下にいるだろう者たちに向けて叫ぶ。

「今すぐ瑪瑙宮に衛士を送るんだ！　不死帝を守れ！　それから真珠宮にも――」

その叫びは届いただろうか。廊下はしんと静かで、反応がない。劉帆は憎々しげに顔を歪《ゆが》め、唇を嚙《か》んでいた。このように焦っていることは珍しく、それだけ異常事態が迫っているということだ。その緊張感は珠蘭にも伝わり、息を吞《の》む。

「伯慧佳。他にも知っていることがあるなら教えてほしい」

「あるわ。彼らの目的は忍びこむことじゃない。混乱に乗じてある者を逃がすため。それは斗堯国と通じているこの国の中書令《ちゅうしょれい》。その名は――」

手程業と告げるのだろうと珠蘭は予測していた。だが、それは叶《かな》わなかった。

ひゅん、と風が走る。

伯慧佳の言葉を遮るように、音が駆け抜けていく。

音は短く、しかし不安を掻《か》き立てるような音だ。瑠璃宮にそぐわないものである。

(今の音は、何が)

見開かれた珠蘭の瞳が、その音の消えた先を追いかけようとする。

伯嘉嫣と伯慧佳がいたところ。

しかしそこで、静かであった瑠璃宮が動き出した。劉帆が叫ぶ。

「身を隠せ！」

さらに風を切るような音は何度も響く。宙を走るもの。風を切り裂くような音を纏《まと》い、それは宙を飛ぶ。稀色の瞳が、それを見た。

(矢？　なぜ)

時間が止まったかのように遅く感じる。波音が聞こえた。稀色の瞳に焼き付いた記憶が呼んでいる。恐怖、喪失。そういった恐ろしい記憶が溢《あふ》れ出て、珠蘭の頭を支配する。

(死ぬ……？)

予測される未来。死への恐怖。

珠蘭は、稀色の瞳は、恐れているのだ。

死を。人が死ぬ瞬間を、その記憶に焼き付けることを。

（怖い）

波音は止《や》まず、珠蘭の恐怖を煽《あお》るかのように大きくなっていく。これより瞳に焼き付けるだろうものを歓迎するかのように。

だが次の瞬間、珠蘭の視界は黒くなった。同時に体を引っ張られる。硬いものに体がぶつかったらしく、衝撃が走った。しかし痛みに構う余裕はなかった。

鼓膜を劈《つんざ》くように、劉帆が叫ぶ。

「珠蘭！ 見るな！」

その声は至近距離から放たれていた。そのことから、珠蘭の体を引っ張ったのは劉帆だろう。飛んでくる矢から珠蘭を守るべく、その体を引っ張って共に物陰に隠れたのだ。そして手のひらで珠蘭の視界を覆った。

珠蘭は瞳を塞がれているため何も見えていない。聞こえるのは悲鳴と喧騒だ。

「早く、衛士を！ 不審な者を捕らえろ！ 瑠璃宮から出すな！」

劉帆が叫んでいる。そして足音も。声の反響からして、劉帆は珠蘭を連れたまま椅子などの陰に隠れているようだ。

「ぐ……嘉嫣、慧佳……」

声からして伯花妃の兄だろう。苦しそうな声を聞くに怪我《けが》を負ったのかもしれない。

珠蘭は何も見えていない。暗闇だ。稀色の瞳は閉ざされてしまった。

体を震わせながら珠蘭は言う。声も震えていた。

「劉帆……これは何が……離してください」

「だめだ」

劉帆は頑《かたく》なだ。片手で珠蘭の視界を遮り、もう片方の手は珠蘭を守るかのように抱きしめている。

「見てはいけない。これは……君が見ちゃいけない」

「でも、伯花妃が」

「どうか頼むから、目を瞑《つぶ》っていて」

矢が放たれる音は止まった。同時に駆けていく音がいくつも聞こえる。

「何者かが潜んでいたらしい。彼らが矢を放った。今は逃げたが、衛士が追うだろう」

「劉帆は？　劉帆は怪我はありませんか」

「僕は平気だ。すぐに君を連れてここに隠れたから。それに狙いは僕じゃない」

「では伯花妃は……」

「…………」

「劉帆。お願いです。手を離して」

劉帆は珠蘭にこの惨状を見せたくなかったのだろう。珠蘭の瞳を片手で隠したまま、反対の手で自らの衣を破る。その切れ端で、珠蘭の目を覆った。

「……伯花妃と伯慧佳の様子は僕が確かめてくる。だから君は何も見てはいけない」

劉帆はそう言って、離れていった。

近くにいた劉帆が去ると、室内の惨状が肌に伝わってくる。濃く香る血の臭い。ひりひりと張り付くような緊張感。

騒ぎに気づいた衛士がきているらしく、劉帆は彼らに伝える。

「……伯花妃のお兄さんは、肩を射られている。命に別状はない」

目隠しをした珠蘭のために劉帆が言う。

「流れてきた矢に当たったんだろう。すぐに身を隠したから肩のみで済んだようだ。だが、こちらは……」

「……大姐《ダージェ》」

劉帆は言葉を濁した。そしてすすり泣くような声が聞こえる。

すすり泣いているのは嘉嬌だった。

「どうして、私を庇《かば》うなんて……」

「嘉嬌……泣か、ないで」

痛みによって掠《かす》れた声は慧佳のものだろう。

珠蘭は見ることができなかったが、あの時いくつもの矢が狙っていたのは嘉嬌と慧佳だった。それを察した慧佳は、自らの身を挺《てい》して嘉嫣を庇ったのだ。嘉嫣を守って伏せるも、その背には深々と何本もの矢が刺さっている。矢を伝い落ちた血が床に溜《た》まっていた。

素人目にも助かるようなものではない。劉帆が言葉を濁したのはそう判断したためだろう。

「か、きょう」

慧佳は弱々しい動きで手をあげた。痛みに震えている。

そして――自らを抱きしめる、嘉嫣の頭にそっと触れた。

「ほら、金桂……髪に、ついている」

「大姐……」

「あなたは、優しすぎて、抜けたところがあるから……わたしがいないとだめね」

嘉嫣の頭には豪奢《ごうしゃ》な簪《かんざし》を挿しているのみで、金桂はついていない。だが慧佳には見えているのだろう。震える指は何も無いところを摑《つか》み、それから慧佳が微笑《ほほえ》んだ。

「はい、取れた」

だが、その手は力を欠き、がくりと落ちる。

嘉嫣は泣きながら、その体を必死に揺さぶった。

「目を開けてください。お願いです。やっと会えたのに、こんなの」

「…………」

「大姐……お願いです……大姐！」

悲痛に響き渡る慟哭《どうこく》。それでも伯慧佳の唇が動くことはなかった。

劉帆はその光景を見ていられず顔を背けていた。だが見えず、何も知らないだろう珠蘭のために告げる。

「……伯慧佳は、死んだ。伯花妃を庇って矢を受けた」

「そんな……」

血の臭いがする。伯嘉嫣が泣いている。

暗闇によって視覚は遮られている。珠蘭の瞳に浮かぶ涙は、瞳を覆い隠す布の切れ端が全て吸いこんでいく。

ばたばたと忙《せわ》しない足音がし、数人がこの部屋になだれ込んでくる。騒ぎを聞きつけた衛士だろう。

「劉帆！——ちっ、ここもやられたのか」

その声からして史明だろう。だがいつものような余裕はない。部屋の惨状を見渡すなり舌打ちをし、劉帆に告げる。

「不死帝が襲われました。場所は瑪瑙《めのう》宮です」

「間に合わなかったのか……不死帝はどうなった⁉」

「それが不死帝は——」

だがここに駆けてきたのは史明だけではない。別の者も慌てた様子でやってきて叫ぶ。

「郭宝凱殿が殺された！　手を貸してくれ！」

その報《しら》せは史明も知らなかったらしい。信じられないとばかりに「なに？」と聞き返している。

「同時刻に三箇所……これが、伯慧佳の言っていたことか……」

劉帆だけでなく、その場に集まった者たちはざわめき、動揺している。

珠蘭もまた、暗闇の中で考えていた。頭の奥が冷えている。恐怖が、珠蘭の思考を支配していた。

（これが斗堯国の襲撃……沈花妃と兄様は御無事だろうか……）

＊＊＊

時刻は遡る。珠蘭と劉帆たちが翡翠宮《ひすい》で伯花妃たちの再会に立ち会っている頃、沈花妃は不死帝を迎えていた。

厳かな空気を纏い、不死帝がやってくる。お付きの者たちは不死帝が入室したのを見届けるなり退室していった。その中に李《り》史明の姿があったのを沈花妃は確かに見ている。

二人きりになると急に緊張感が増した。あの不死帝が目前にいるのだ。喉の奥がからからと渇いたように痛くなる。臆する心を抑え、沈花妃は礼をする。

「我らが霞の蒼天《そうてん》。瑪瑙宮への来訪を至極光栄に存じます」

手は震えていた。不死帝は優しい方かもしれないと考えを改めても、長く身に染みついた不死帝への恐怖は拭《ぬぐ》いきれていない。

対峙《たいじ》することへの緊張を、珠蘭もこのように味わっていたのだろうか。そう考えると自らの宮女である董珠蘭とは恐ろしい。凄《すご》い娘だと舌を巻く。

「……面をあげよ」

不死帝の唇が動いた。

その声を聞き取るなり、張り詰めていた緊張がわずかに和らいだ。

招華祭の時と同じ、優しくて、心が落ち着くような声だ。

（そう。この声だったから、気になった）

入れ替わりをして出迎えるという過ちを犯しても許したこと。沈花妃を守るような招華祭での行動。そして――この声だ。

沈花妃は不死帝をまっすぐに見据える。

珠蘭曰《いわ》く、不死帝は花妃を前にしても手を出すことはなかったのだという。

（それは入れ替わりを見抜いていたからなのかしら。それとも……今回も？）

じっと待つが、不死帝はこちらに何かをしようと動く気配がない。沈花妃の動静を待つかのように、じっとそこに立ち尽くしていた。

「入れ替わりを……見抜いていらっしゃったのですね」

沈花妃は問う。

「……ああ」

「これまでの無礼をお詫《わ》びいたします。それから……招華祭でのこと、わたくしを守ってくださり、ありがとうございました」

不死帝はこれに何も答えなかった。動いたと思いきや、榻《こしかけ》に腰掛けている。

機嫌が良《い》いのか悪いのかわからない。言動は少なく、沈花妃が得られる情報は極めて少なかった。

顔《かんばせ》を隠す不死帝の仮面。冕冠《べんかん》の簾《すだれ》はさらに顔を隠すかのように前面にもつけられている。それは瑪瑙宮に来ても外す気がないらしい。

このような時、どうすれば良いのかわからない。沈花妃は所在なげな心地のままでいるしかなかった。

二人きりの部屋は息苦しさを感じる。珠蘭や海真との時は、そう感じなかったというのに。

(海真……わたくしは、どうしたらいいのでしょう)

海真のことが思い浮かぶたび、胸の奥が苦しくなる。不死帝を迎えると決めてからというもの、沈花妃の胸中は苦しくてたまらなかった。

今頃、海真はどうしているだろう。不死帝の文を持ってきた時も、渡御を報せにきた時も、ひどくつらそうな顔をしていた。この夜をどう過ごしているのか、そのことが心配でたまらない。

不死帝への好奇心はある。だが、それは好意と異なる。今宵《こよい》も、もしも不死帝が自らに触れようものなら、きちんと拒否をしようと思っていた。好きな人として思い浮かぶのは海真だ。そのためならこの身を守りたい。

(不死帝が海真であったらよかったのに)

瞳を伏せ、叶《かな》うことのない願いを想《おも》う。ここにいる者の仮面の下が海真であるような、そのような奇跡が起きればよかったのに。

「沈花妃よ。そなたに告げたいことがある」

不死帝が言った。沈花妃は瞳を開き、その言葉を待つ。

「今宵そなたに触れる気はない。余は花妃を必要としない」

「……はい」

返答をしながらも、沈花妃は安堵《あんど》する。

「三度もここへ来たことによりそなたは注目の的となるだろう。だが案ずることはない。そなたに害が及ばぬよう、余が対処する」

やはり、不死帝は優しさを隠し持っている。噂《うわさ》通りの冷酷な人ではない。百年を生き、血の通わぬ存在。そう思っていたが、語られる言葉には血が流れている。生きている。だから優しい。

「沈花妃よ。そなたは――」

不死帝が言いかけた時である。

部屋の外から、かすかに叫び声のようなものが聞こえた。沈花妃は咄嗟《とっさ》に振り返り、扉の方を見やる。

聞き間違いかと首を傾《かし》げていれば、今度は明瞭に、そして近くでもう一度叫ぶ声がする。

「お逃げください！　沈花妃！」

宮女の声だ。さらに複数名の駆けてくる音が聞こえる。宮女のようにしとやかに歩くのではなく、踏み荒らすかのような乱暴なものだ。

何かが起きている。それはわかっているが、怖くてたまらない。体を上手に動かすことができない。足が竦《すく》んでいるのだ。

「……っ、どうしたら」

逃げるにしてもどこへ逃げればよいのか。いや逃げ道はない。隠れるべきか。だがここには不死帝がいる。

（違うわ。逃げてはいけない。わたくしは花妃なのだから、不死帝を守らなければ）

これまで沈花妃は、珠蘭などの宮女や宦官《かんがん》たちに守られてきた。それは不死帝の後宮に咲く花妃の一人だからだ。

危機が迫る中、不死帝を守らずに逃げるなど花妃としてあってはならないことだ。

(娘であれば花妃になれる。けれど不死帝は一人。死なない帝《みかど》であったとしても、わたくしは守らなければいけない)

百年を生き、殺されても死なぬと聞いているが、だからといって一人逃げ隠れることはできない。不死帝が隠し持つ優しさを知っているが故に、その優しさに報いたいと思う。沈花妃は覚悟を決めた。恐怖を押しとどめるかのように、きゅっと唇を噛《か》む。

「沈花妃、隠れていろ」

不死帝は立ち上がり、沈花妃を庇《かば》うかのように前に立った。だが引くことはできず、沈花妃も言葉を返す。

「できません。花妃として我らが霞の蒼天をお守りいたします」

「余は死なぬ。そなたは隠れているがよい」

「そのようなことはできません」

「もう一度命ずる。隠れていろ」

沈花妃は頑《かたく》なに動かなかった。何があったとしても不死帝を守る。そのために、体の震えを隠し、不死帝の前に立とうとする。

この問答に不死帝は痺《しび》れを切らしたようであった。焦りの色が浮かんでいる。

「隠れていろ！　そなたに対処できるものではない」

「いいえ。わたくしは花妃です。この身に代えてもお守りいたします」

「沈花妃！」

その叫びと同時に、扉が開く。

複数の足音は聞こえていたが、現れたのは一人だった。黒の布を被《かぶ》った小柄な者。

だがじっくりと見る間はなかった。部屋に押し入るなり、その者は速やかにこちらに駆けてくる。

その手には刀が握られ、ぎらりと嫌な光を放つ。

沈花妃は不死帝の前に立ち、手を広げた。

風が、音が、迫る。これより起こるだろう出来事への恐怖で、固く目を瞑《つぶ》った。

（怖い。どうか助けて――海真！）

助けが来るはずはないとわかっていながら願う。無意識に思い浮かべたのは海真だった。

どん、と体が強く押された。均衡を崩し、その身が床に落ちる。

「っ――」

背や後頭部に痛みを感じる。床に打ち付けたのだろう。それ以外の痛みは感じなかった。

しかし不思議と、体が重たい。重たいものがのし掛かっている。沈花妃は庇われたのかもしれない。では誰に守られたのか。

それを確かめるべく、おずおずと瞳を開き——床に落ちた仮面が見えた。

「え……」

落ちた冕冠、外れた仮面。伏した体から温かなものが流れ、沈花妃の襦裙《じゅくん》や床に広がっていく。血だ。赤い血が流れている。

沈花妃の体にのし掛かる龍袍《りゅうほう》は不死帝のもので間違いない。だが、その顔が——。

「どう、して」

その目に映るものが信じられなかった。

どうしてここにいるのか。どうしてその姿をしているのか。

嘘《うそ》かもしれない。夢を見ているのかもしれない。けれど、これが現実であることを示すかのように、広がりゆく血は温かい。生きている。

「……沈、花妃」

彼の手が動き、沈花妃の頬に触れた。だが血に濡《ぬ》れたその指は頬に触れるなり、ずるりと滑り落ちていく。

「どうして……ここにいるの。だってあなたは……不死帝ではないはず。嘘だと言って」

罰のようだと感じた。不死帝に好奇心を抱き、迎え入れたことを責めるかのように、大切なものを奪おうとしていく。

その刻、沈花妃は知ったのだ。

仮面が覆い隠す真実。不死帝の仮面が隠していたのは、董海真の顔だった。

＊＊＊

珠蘭が瑪瑙《めのう》宮に戻った時には、全てが終わっていた。

不死帝が襲われた後、真っ先に駆けつけたのは李史明だったという。彼曰く、不審な者は逃走し、部屋には沈花妃と海真がいたのみ。史明がすぐに海真の顔を隠したことから、不死帝が海真であることは沈花妃以外に広まらずに済んでいる。

不死帝を斬りつけた者は逃したものの、瑪瑙宮と瑠璃宮を襲撃した者の一部は衛士が捕らえている。今頃は尋問を行っているのだろう。

「沈花妃……」

沈花妃は瑪瑙宮の居室に戻っていた。宮女たち曰く、誰も居室に通そうとせず、珠蘭が来るのを待っていたらしい。沈花妃は血で汚れた襦裙もそのままで榻に泣き伏していた。

珠蘭がおずおずと声をかけると、沈花妃が顔をあげた。頬には生々しい血が残り、髪もぐしゃぐしゃに乱れている。それを厭《いと》わず、沈花妃はふらりと立ち上がり、珠蘭のそばに寄った。

「史明より聞きました。こちらでも襲撃があったそうですね」

「わたくしは花妃として不死帝をお守りしなければと思ったの……でも、わたくしは不死帝に庇われ、見てしまった」

そのことも史明から聞いていた。沈花妃が、不死帝の正体を知った可能性があると。だからこそ珠蘭を呼んでいたのだろう。

「……不死帝は海真だったわ」

どう答えればよいかわからず、珠蘭は視線を逸《そ》らす。だが逃げることを許さないとばかりに沈花妃が珠蘭の肩を揺らした。

「見間違いなの？　それとも本当に海真？　珠蘭、あなたは知っているのでしょう。教えて、お願いよ」

「……あれは、」

あのように見られてしまえば言い逃れはできない。ここで明かすかもしれないと、劉帆や史明にも話してある。

珠蘭は短く息を吸いこみ、覚悟を決めた。

「沈花妃が見た通りです。不死帝は兄様です」

「――っ」

珠蘭が認めたことで、沈花妃は瞳を見開いた。沈花妃はあの現実を認められずにいたのだろう。

「どうして教えてくれなかったの。あなたも海真も欺いていたの？」

「話すことができなかったのです。兄様は不死帝になるべく霞正城に連れられましたが、それが嫌で逃げ出し……そこで沈花妃と出会っています。兄様は沈花妃を守るために、不死帝となることを決めました」

これを聞くなり、沈花妃の体から力が抜けた。すとん、とその場に座りこむ。その手は震え、呆然《ぼうぜん》とした自らの顔に触れていた。

「では……わたくしのせいで、海真は不死帝になったの……？　ああ……なんてこと……わたくしは……」

沈花妃の瞳からぼたぼたと涙がこぼれ落ちる。自らのせいで愛《いと》しい者を辛《つら》い立場にし、さらに傷つけてしまった。その後悔に苛《さいな》まれているのだろう。

だが、正直に認めたのは、沈花妃を責めるためではない。沈花妃にどうしても伝えたいことがある。珠蘭はその場に膝をつき、沈花妃の肩にそっと触れる。

「……沈花妃のせいではありません。兄様は望んで、不死帝になりました」

「これはわたくしのせいよ。海真が不死帝にならなければ、斬られることはなかった」

「違います！」

珠蘭は珍しく声を荒らげた。

「兄様は、沈花妃を守りたかったのです」

そう告げ、瞼《まぶた》を伏せる。

稀色の瞳はこれまでたくさんの海真の行動を見てきた。そしてどれも沈花妃を想って行動している。妹である珠蘭が知らなかった、愛しい者を一途《いちず》に想《おも》う海真の表情だ。

「兄様は沈花妃への想いを心の支えにしています。兄様が沈花妃と出会わなかったら、兄様は故郷に帰れぬ絶望に打ちひしがれていたでしょう。私と兄様が再会することだって叶わなかったかもしれません。そんな兄様に、希望を与えてくださったのが沈花妃です」

沈花妃を心配していたこと。不死帝であることを明かせず苦心していたこと。招華祭では、沈花妃を守りたい一心で動いてしまった。

海真はいつも沈花妃を想っていた。

「……私は覚えています。兄様が沈花妃を守ろうとしていたことを。だからどうか、自分を責めるのはやめてください」

珠蘭が思うに、襲撃者を前にして、海真は不死帝としての行動を取れなかったのだろう。不死帝が取るべき行動は花妃を守ることではなく、自らの身を守ることだ。襲撃者の前に立ちはだかろうとしたという沈花妃の行動は間違っていない。

だが、海真はそれができなかった。不死帝ではなく董海真として、沈花妃を守りたかったのだろう。

その時、扉が叩《たた》かれた。おずおずとした音の後、扉の向こうから声がかかる。

「劉帆だけど、少し入ってもいいかな」

沈花妃が「どうぞ」と返すと、こちらにやってきた。その表情は明るい。

「割りこんでしまってすまないね。珠蘭に頼まれていたものだから」

ここに来る前に劉帆に頼みごとをしておいた。事態が事態なだけに厳しいかと思ったが、劉帆の表情を見る限り、事は成ったのだろう。

「お忍びで瑠璃宮に向かう手はずを整えました。ただ、沈花妃と宮女たちで瑪瑙宮の外を歩くのは少々心配ですからね。史明と衛士数名が護衛につきます」

今の後宮は厳戒態勢にある。いつ不審者がまた現れるかはわからない。その危険性はあるが、海真を案ずる沈花妃の気持ちを汲《く》み、珠蘭は劉帆に頼んでおいた。

「兄様が沈花妃を守ろうとした気持ちを尊重したいと、私は考えています。兄様は目覚めず、予断を許さない状況と聞いています。だからこそ……許されるのなら沈花妃にそばについていていただきたいのです」

「医官にはあまり人を多く入れないように言われている。だが珠蘭は、自分ではなく沈花妃が良いと話していたんだ。どうか、この意味を理解してあげてほしい」

「っ……わたくしは……！」

沈花妃の返答はそこまで時間がかからなかった。彼女は涙を拭《ぬぐ》うと、立ち上がる。

「海真が今までわたくしを守ってくれていたことがわかった。皆、真実を明かすことができず苦しかったことでしょう。だからもう泣かない」

先ほどまでの弱っていた姿はもうない。思慮深い沈花妃に戻っている。

その瞳は珠蘭を見つめ、穏やかに細められた。

「ありがとう、珠蘭。わたくしはあなたを信じている。その稀色の瞳が語るものを、信じるわ——だから、瑠璃宮に行きます」

「はい。兄様を……海真をよろしくお願いします」

沈花妃は居室を出て行った。

開いた扉の隙間から史明がいるのが見えたので、じきに史明や衛士と瑠璃宮に向かうのだろう。厳戒態勢の中、沈花妃が瑠璃宮を訪問することは内密のこととなる。夜の闇に紛れての移動だ。この話をつけた劉帆も苦労したことだろう。

沈花妃を見送った後、珠蘭は劉帆に向き直った。

「劉帆、ありがとうございました」

「諸々《もろもろ》の苦労はしたけどねえ。史明への説得が大変だった。でもよかったと思うよ。海真も驚くことだろう」

「驚く……？　兄様はまだ目を醒《さ》ましていないのでは」

珠蘭が問うと、劉帆は「ああ。話し忘れていた」とわざとらしくとぼけて言った。

「目を醒ましているよ。怪我《けが》の状態がひどいからしばらくは起き上がれないだろうがね」

「……では、私は沈花妃に嘘をついてしまったのでは」

「君だって知らなかったのだから、仕方ないだろう」

事もなげにからからと劉帆は笑っている。

だが、珠蘭は安堵《あんど》していた。海真が目を醒ましたと聞き、薄暗い気持ちが晴れていくようだった。沈花妃を向かわせたものの、珠蘭も海真のことを案じている。大事な兄だ、本当は珠蘭だって駆けつけたかった。

「兄様が無事でよかった……でも、戻ってこない人たちもいる」

瑠璃宮での惨状が蘇《よみがえ》る。視界は妨げられていたことから鮮明にあの場面を思い起こすことはできない。それでも血の臭いや悲鳴、飛んでいく矢の音は鼓膜に残っている。

馮興翼が『霞正城から離れろ』と言っていたのは、これを想定しての警告だったと今ではわかる。なぜ早くに気づけなかったのか。真珠宮に運び込もうとした荷に違和感を抱き、止めることだってできたはずだ。

「稀色の瞳なんて、役に立たなかった。この事件を予見することができなかった」

視界が滲《にじ》み、後悔はこぼれ落ちて涙となる。拭うことも止めることもできなかった。

宿花妃や于程業を捕らえる証拠を摑《つか》めていたのなら。興翼から聞き出すことができていたのなら。記憶力が良いだけの稀色の瞳は何もできず、易々《やすやす》と惨劇を受け入れてしまった。

様々な者が信頼してくれたというのに、期待に応えることができなかったのだ。

伯慧佳や郭宝凱、それに宮女や宦官《かんがん》にも命を落とした者がいる。止めることができたのにと悔しくてたまらない。

「それは違うぞ、珠蘭」

珠蘭の体は引き寄せられ、劉帆の腕に包まれた。優しく抱きしめ、珠蘭の涙を隠す。

「君だけの責任じゃない。僕だって何もできなかった。君が背負う必要はない」

「ですが、多くの人たちが……」

「ならばその遺志を継げ。彼らの気持ちを忘れてはならない。その瞳に焼き付け、前を向こう。僕たちは稀色の世を目指すと話しただろう。斗堯国という脅威があるとわかったのだから下を向く間はないよ。だから、その瞳を閉ざしてはいけない」

「……はい」

「大丈夫だ。僕が共にいる。君が泣きたい時は、僕がその涙を隠してあげるから」

劉帆の胸に顔を埋《うず》め、それでも涙は止まらない。

腕に力が込められる。伝わる温度は熱く、生きていると感じる。

惨劇の夜であるからなおさら、他人の生を嬉《うれ》しく思う。生きている。その胸に死した者たちの心を継いで。

襲撃事件後、内通の容疑で宿花妃の身柄は取り押さえられた。

だが、于程業も捕らえるべく衛士が向かったものの、その姿は消えていた。霞正城は総力をあげて彼を捜したものの、見つかることはなかった。

＊＊＊

数日が経《た》つも、霞正城は不気味なほど静かだった。血の臭いは消えているが、あの夜の惨劇の爪痕は残り続けている。

珠蘭は変わらず瑪瑙《めのう》宮にいた。朝から厨《くりや》の手伝いをしていたが、沈花妃に呼ばれたため居室に向かう。

「菫珠蘭です。お呼びでしょうか」

扉を前にして声をかけるも返答はない。おそるおそる覗《のぞ》いてみる。

「……え？」

中にいる人物を確かめるなり、珠蘭は素っ頓狂な声をあげていた。沈花妃が待っているはずがそこにいたのは楊劉帆である。しかもこちらが覗くことを予見していたかのように、じっと扉の方を見ている。視線はばっちりと交差していた。

「待っていたよ。早くおいで」

手招きをされ、観念して珠蘭は部屋に入る。改めて見回すが沈花妃はいない。

「私は沈花妃に呼ばれていたはずですが……」

「ああ、そうだったね。だが沈花妃は今しがた出掛けてしまった」

「瑠璃宮でしょうか？」

「行き先は想像に任せよう。君の洞察力は恐ろしいからね」

白を切っているが、沈花妃は瑠璃宮に向かったのだろう。あれから海真は怪我の治療に専念している。劉帆が気遣い、たびたび沈花妃をこっそりと瑠璃宮に引き入れていることを珠蘭は知っていた。

「それで、劉帆はなぜ私を？」

「たまにはこういう時間も良いかと思ってね。望州から帰ってきた後、ずっと慌ただしい日が続いていただろう」

そう言って、劉帆は懐から枯緑色《クーリュー》の包みを取り出した。その包みはしっかりと覚えている。確かめずとも中身がわかった。

「甜糖豆《テンタントウ》ですね！　ありがとうございます」

「あげると言っていないのに、貰《もら》う気でいるじゃないか」

「いただきます！」

貰えるものだと思い、珠蘭は手を出して待っていたのだが、劉帆はなかなか動かなかった。それどころか、自らの手中で包みを開いている。

珠蘭は眉間に皺《しわ》を寄せ、食い入るように甜糖豆を見つめていた。

「……そこまで見なくとも良いだろうに。誰も渡さないとは言っていないぞ」

「早くいただきたいのですが」

「そう焦るな。君に渡したら、すぐにひょいひょいと食べ進めてしまうだろう。一粒ずつ渡した方がちゃんと味わうのではないかと思ってね」

「随分と注文が多いですが、それは私への贈り物ですよね？」

甜糖豆を見せれば珠蘭が喜ぶためか、これを餌にし、からかわれることが多い。抗議の意味を込めて唇を尖《とが》らせていると、甜糖豆を一粒摘まんだ劉帆がこちらに向き直った。

「ほら、口を開けて」

「自分で食べられます」

「それではだめだ。今回の褒美として渡そうと思っているのだから、ほら」

劉帆は珠蘭のすぐ近くまで寄り、甜糖豆を持った指は鼻先まで迫っている。

だが食べさせてもらうというのもなかなか恥ずかしいものだ。その手の向こうに、劉帆の整った顔が見えるから余計に。

「……食べさせてもらわなきゃ、だめなのでしょうか」

じっと、劉帆の瞳を見上げる。

するとと劉帆の顔がわずかに色づいた。

「……そうやって上目遣いをされると、妙な心地になるな」

「では瞳を伏せた方が良いですか？」

問いながら瞳を伏せる。劉帆の表情を確かめることはできなくなったが、逆に彼の気配を間近に感じる。指の近さ、熱、呼吸。視覚を遮れば、他の感覚が研ぎ澄まされていく。

またしても劉帆の困ったような声が聞こえた。

「ううむ。これもなかなかむず痒《がゆ》くなる……こちらの方が面映《おもは》ゆくなってしまうなあ」

「まだでしょうか」

「わかったわかった。そう急《せ》かすな」

そしてひょいと、口に甜糖豆が放り込まれる。ころころとした可愛《かわい》らしい豆に、乾いた蜜の衣が絡んでいる。透き通る、甘味の衣が口中で蕩《とろ》けていく。

珠蘭は瞳を開け、満面に笑みを浮かべた。

「……美味《おい》しいです」

「それはよかった。今日はたくさん持ってきているから好きなだけ食べると良い」

几《つくえ》に甜糖豆の包みが二つ置かれる。劉帆がすんなりと渡したということは、珠蘭が自分で食べ進めて良いらしい。先ほど一つ食べさせたことで劉帆の心境が変わったのかもしれなかった。

今日は天気が良《い》い。外は春の陽気に包まれているのだろう。外のことを思いながら、甜糖豆を食べる。珠蘭の隣には劉帆が腰掛けていた。

「……あの日、どうして劉帆は私の目を塞いだのでしょう」

それは惨劇の夜に生じた疑問だった。瑠璃宮を出るまで劉帆は珠蘭の視界を塞いでいた。なぜ劉帆がそのような行動を取ったのか、今も珠蘭の心に疑問が燻《くすぶ》っている。

「……そうだね。怖かったんだ」

劉帆は苦笑していた。

「理由はわからない。でも君の瞳にあれを焼き付けることが怖かったんだ。だから君の身を守ることと同時に、君の記憶を守りたかった」

「私の……記憶」

「あの日を思い返そうとしても暗闇しかないだろう？」

問われ、思い返す。

惨劇の夜。思い出されるのは全て、劉帆の手に覆われた真っ暗な視界。

(私を守るための、暗闇)

愛《いと》しき暗闇だ。劉帆が珠蘭を想《おも》うが故の、優しき暗闇。

劉帆は優しく、珠蘭の髪を撫《な》でた。その指先は髪から頬へと滑り落ちる。

彼の瞳には、深い海の底を思わせる蒼海色《そうかいしょく》の、珠蘭の瞳が映っていた。真偽を見定め、瞬間を記憶に焼き付ける、珍しき稀色の瞳。

「……ありがとうございます」

珠蘭は改めて劉帆に礼を告げた。これを聞く劉帆は微笑《ほほえ》んでいた。

「共に稀色の世を目指すと約束しただろう。稀色の世が来るその日まで、僕が君を守る」

瑪瑙宮の外は、春の風が吹いている。島の全てが春の色に染まっていく。

珠蘭は瞳を伏せた。今は少し、この心地よい時間に身を委ねていたい。口中を甘く蕩ける甜糖豆と同じぐらいに、甘く幸福な、劉帆と共にいる時間を。

願うは一つ。珠蘭たちの想う稀色の世が、どうか甘く幸福な世でありますよう。

ゆっくりと瞼《まぶた》を開く。稀色の瞳は、そう遠くない未来を見つめていた。

お便りはこちらまで

〒一〇二―八一七七
富士見L文庫編集部　気付
松藤かるり（様）宛
Ｎａｒｄａｃｋ（様）宛

この作品はフィクションです。
実在の人物や団体などとは関係ありません。

富士見Ｌ文庫

稀《まれ》色《いろ》の仮《か》面《めん》後《こう》宮《きゅう》　二
海《かい》神《じん》の贄《にえ》姫《ひめ》はすれ違《ちが》う想《おも》いを繋《つな》ぐ

松《まつ》藤《ふじ》かるり

2023年４月15日　初版発行

発行者　山下直久
発　行　株式会社 KADOKAWA
〒102-8177　東京都千代田区富士見2-13-3
電話　0570-002-301（ナビダイヤル）

印刷所　株式会社暁印刷
製本所　本間製本株式会社
装丁者　西村弘美

定価はカバーに表示してあります。

ISBN 978-4-04-074804-7 C0193

後宮茶妃伝

著／唐澤和希　イラスト／漣 ミサ

お茶好きな采夏が勘違いから妃候補として入内！
お茶への愛は後宮を救う？

茶道楽と呼ばれるほどお茶に目がない采夏は、献上茶の会場と勘違いしうっかり入内。宦官に扮した皇帝に出会う。お茶を美味しく飲む才能をもつ皇帝とともに、後宮を牛耳る輩に復讐すべく後宮の闇へ斬り込むことに!?

【シリーズ既刊】1～3巻

富士見L文庫

意地悪な母と姉に売られた私。何故か若頭に溺愛されてます

著／美月りん　イラスト／篁ふみ　キャラクター原案／すずまる

これは家族に売られた私が、ヤクザの若頭に溺愛されて幸せになるまでの物語

母と姉に虐げられて育った菫は、ある日姉の借金返済の代わりにヤクザに売られてしまう。失意の底に沈む菫に、けれど若頭の桐也は親切に接してくれた。その日から、菫の生活は大きく様変わりしていく——。

【シリーズ既刊】1〜2巻

富士見L文庫